小林秀雄の眼

江藤淳
Jun Eto

中央公論新社

小林秀雄の眼　目次

小林秀雄の眼

7

装幀　中央公論新社デザイン室

小林秀雄の眼

小林秀雄の眼

1 「栗の樹」と記憶

私の家内は、文学について、文学的な興味などを示した事がない。用事のない時の暇つぶしに、たまたま手許《てもと》にある小説類を、選択なく読んでいるが、先日、藤村の「家」を読み、非常な感動を受けた。だが、これも、彼女は信州生れで、信州の思い出が油然《ゆうぜん》と胸にわいたがためである。彼女は、毎日、人通りまれな一里余りの道を歩いて、小学校に通っていた。その中途に、栗の大木があって、そこまで来ると、あと半分といつも思った。それがやたらに見たくなったのだが、まさかそんな話も切り出せず、長い事ためらっていたが、我慢が出来ず、その由《よし》を語った。私が即座に賛成すると、親類への手土産などしこたま買い込み大喜びで出掛けた。数日後還って来て「やっぱり、ちゃんと生えていた」と上機嫌であった。さて、私の栗の樹は何処《どこ》にあるのか。

（「栗の樹」一九五四年十一月）

米国で暮らしていた頃、私はよく小林氏のこの短文の一節を思い出した。プリンストンの街には、独立戦争の頃からあるような巨大なメイプルの古木が立ち並んでいたが、私の記憶のどこをさがしてもそういう変らない風景は見当らなかったからである。「私の栗の樹は何処にあるのか」という小林氏の自問は、そんな私の内部に反響して、ある切実な感情をかき立てた。変化が常態であるような日本の近代が、いかに特殊な時代かということは、外側から見るともう動かしがたい事実として認めざるを得ないのであった。

ところで、小林氏がはじめて氏の「栗の樹」を想ったのは、昭和八年の「故郷を失った文学」においてである。そこで氏はいっている。

《私の心にはいつももっと奇妙な感情がつき纏って離れないでいる。言ってみれば東京に生れながら東京に生れたという事がどうしても合点出来ない、又言ってみれば自分には故郷というものがない、というような一種不安な感情である》

「故郷のない精神」から生じた「不安な感情」から日本の近代文学というものは生れた。自然主義文学のなかで最初にはっきりしたかたちをあたえられたこの「精神」とこの「感情」は、時代が下るにつれてますます露骨に表面にあらわれ、ついには文学を青年の文学、より正確にいえば「青春を失った青年の文学」に閉じ込めてしまった。文学の上だけではない。人々は記憶から絶たれ、故郷を失ったために生活の具体性とでもいうべきもの——しっかりと足を地につけた生活の実質を失っている。しかし、そんな抽象的な生活がいったい何を生めるだろうか？　ここから小林氏の自問が生れる。それは近代日本文化全体に対する氏の批評であり、自己のなかに「記憶」の源泉を掘りあてようとする願いである。

最近世評の高かった岡潔氏との対話「人間の建設」（昭和四十年）のなかで、小林氏は、「幼時を思い出さない詩人というものはいないのです。一人もいないのです。そうしないと詩的言語というものが成立しないのです」といい、「伝統を否定しようと、民族を否定しようとかまわない。やっぱり記憶がよみがえるということがあるのです。記憶が勝手によみがえるのですからね、これはどうしようもないのです」といっている。あの「不安な感情」からこの確信までの道程が、小林秀雄という稀有な批評家の歩いて来た道である。「栗の樹」は、おそらく今、氏の心眼に映じてさわやかに葉をそよがせているにちがいない。

2　歴史ということ

歴史は繰返す、とは歴史家の好む比喩だが、一度起って了《しま》った事は、二度と取返しが付かない、とは僕等が肝に銘じて承知しているところである。それだからこそ、僕等は過去を惜しむのだ。歴史は人類の巨大な恨みに似ている。

（「序（歴史について）」〈ドストエフスキイの生活〉一九三九年五月）

この「歴史について」は「ドストエフスキイの生活」の序として書かれたエッセイである。歴史をあたかも歴史の外側にいるように冷やかに眺めないこと。歴史のなかに生きている自分の心を識《し》ることによって、かつて同じように歴史のなかに生きた他人を思いやること。そのようにしてしかわれわれは過去をとらえることができないのだ、と小林氏はいっている。

これは、いうまでもなく歴史を科学と見ることに馴《な》れた現代人への警告である。科学はつねに法則を求めようとする。しかし、科学に馴れすぎた現代人が、自然ばかりでなく歴史までもを法則の枠のなかに閉じこめてしまったとき、われわれは皮肉にも自分を過去につなげるきずなを切断してしまった。そしてそのかわりに荒涼とした文化を得たのである。

私は、かつてひとりの神経を病む女性を知っていた。彼女の情緒は涸れ果て、美しかった顔には荒廃した孤独が刻印されていた。夫も兄弟も、子供さえも彼女をその孤独地獄から救い出せない。女にはもうその誰をも信じられなくなっていたからである。彼女を親しい者たちと結びつけていたさまざまな記憶は、もう女には実感をもって思い出せぬものになっていた。

しかし、それでもなお女は、この暗い閉ざされた世界のなかを、必死で手さぐりしつづけた。そういう女が「お母さん！」という叫びをさぐりあてたのは、単なる偶然だったかも知れない。しかし、その叫びが口をついて出た瞬間に、彼女のなかにはにわかに堰《せき》を切ったように情緒があふれはじめ、それは大粒の涙となってやさしい表情に戻った頬をぬらした。われにかえったとき、女はいつのまにかあれほどかたくなに拒んで来た夫の両手を握りしめていた。彼女の叫びに、亡母へのどんな「恨み」がこめられていたかは知らない。しかし、母の記憶がよみがえったとき、あきらかに彼女はもう一度生命力をとり戻していたのである。

われわれは、おそらく歴史に関して彼女とほど遠くないところにいるのかも知れない。われわれは歴史を疑うことを覚え、その不信を「科学」への軽信でおきかえて来た。われわれは自分を嘲《あざけ》ることを覚えたが、いまだに母の名を呼ぶことができずにいるのである。その結果の荒廃は、今日の日本のいたるところにひろがっている。いったいいつわれわれは、どんな涙を「妣《はは》が国」に注ぐことができるのであろうか？

3　女と成熟

女は俺の成熟する場所だった。書物に傍点をほどこしてはこの世を理解して行こうとした俺の小癪《こしゃく》な夢を一挙に破ってくれた。と言っても何も人よりましな恋愛をしたとは思っていない。何も彼も尋常な事をやって来た。

（「Xへの手紙」一九三二年七月）

「Xへの手紙」は、小林秀雄氏が書いた数少い「小説」のひとつである。といっても、この「小説」に現実的事件はほとんどなにひとつ語られていない。しかし、そうかといって、この部分の独白的な、個人的な調子は決して単なる批評文のものとはいえない。小林氏には、小説と批評文のあいだを縫うような文体で語らなければならなかったある深刻な体験があった。それが氏のいわゆる「尋常な……恋愛」の内容である。

注目すべきことは、「女は俺の成熟する場所だった」という一節が過去形で語られていることである。つまり、この一節は「かつて自分は女によって成熟し、そののちに女から去った」と読まれなければならない。去ってからの小林氏は、それなら「成熟」を停止したのであろうか。あるいは女以外の何によって成熟しつづけることになったのであろうか？

ここで語られている「恋愛」は、詩人中原中也の恋人だった女性との、悪夢のような同棲生活を指している。大正十四年十一月末のある日、女は中原の下宿を去って小林氏が借りた借家で氏との生活をはじめた。しかし、昭和三年五月のある晩、異常なヒステリー症にかかっていた女が、「出て行け」といったら、氏は家を出て行った。「……軒を廻って行くのは、いつものように間もなく謝《あやま》って帰って来る後姿だったということである。しかし小林はそれっきり帰らなかった」（大岡昇平「朝の歌」）。帰らなかった小林氏は、その足で当時奈良に住んでいた志賀直哉氏のところへ行ったのである。そして翌昭和四年九月には、氏は「様々なる意匠」で「改造」の懸賞論文二席に当選し、新進批評家としての出発をとげていた。二十八歳のときである。「Xへの手紙」の背後に隠されている伝記的事実が明らかにしていることは、小林秀雄氏の批評と思想が、女のところから「出て行った」人のものだということである。以後の氏の「成熟」は、女以外の何によってなしとげられたとしても、一種孤独な成熟にならざるを得ない。

これが氏と、同じヒステリー症の夫人に悩まされながら「出て行こう」とはしなかった夏目漱石との根本的なちがいである。漱石も小林氏と同様な非凡な人物であったが、彼はあえて凡庸《ぼんよう》な生活を選んだ。小林氏の場合には、非凡な人物が非凡な生活を選んだのである。そういう氏の孤独は、今日の円熟した名文の行間にもうかがわれるのである。

4 「近代化」と不安

不幸を感じている人より不幸に慣れて了《しま》った人の方が不幸である。人間の心は奇態な自然の弁証法で支配されている。不安が極限に達すれば、人はもう不安なくしては生きられぬと感ずる。不安は彼の神ではないとしても、少くとも彼の支柱となる。昔は不安とは精神の或る疾病《しっぺい》であったが、今日では不安こそ健康な状態となった。こういう時、人は自分を忘れて最も饒舌になる。

（「現代文学の不安」一九三二年六月）

アメリカの学者が「近代化」論というものを唱えはじめて、日本はアジア諸国のなかで唯一つ「近代化」に成功した国だといい出してから、日本の論壇では「近代化」論争というものがさかんになった。しかし、この「近代化」という言葉がなにを意味するかということになると、誰もはっきりした解答は持ちあわせていない。アメリカ人がいいだしたことだから、大方「アメリカ化」のことだろうと見当をつけているのがいいところである。しかも、アメリカに反対であろうが賛成であろうが、人々は大てい「近代化」というものはいいものだと思っている。少くともその前提で議論が行われているのである。

しかし、果して「近代化」とは幸福の別名であろうか？　私はプリンストンにいたとき、Pという朝鮮史の研究家といっしょに飯を喰ったことがある。少し酒がまわると、Pは、「それにしても、君たちがそうして洋服を着て、靴をはいて、英語をしゃべっているのを見ると、なんだかいたいたしくてならなくなるよ。どうして、俺が着物を着て、下駄をはいて、日本語をしゃべるようなまわりあわせにならなかったのだろう？　もちろん、そうは絶対になるはずはないがね」といって、複雑な微笑を浮かべた。そのとき、私は、「近代化」に成功しようがしまいが日本人は「不幸」であることを、成功したと自賛しているだけ一層「不幸」であることを痛切に実感した。価値の基準が自分の内側にではなくて外側にあることは、自己喪失のはじまりである。それは当然「不安」のはじまりであるが、今やこの「不安」は常態と化し、「不幸」に馴《な》れたわれわれは何ごとにもおどろかず、何者をも真似、適応を強者の資格と考え、そうして日一日と狂って行く。そして、「近代化」の方法論について、ますます饒舌になる。

小林氏の「現代文学の不安」が書かれたのは、今からざっと一世代（三十年）前である。その頃、「近代化」を論じる者は誰もいなかったが、現実の近代化とそれが人々の心にあたえる奇妙な自己欺瞞は着々と進行していた。小林氏の眼は、そういう現実の底にひそむものを、当時早くも洞察していたといえる。

5 人生の「かたち」

人生を読むとは、「平家」を読むが如きものである。

（「感想」一九五〇年四月）

ここでいう「平家」とは、もちろん「平家物語」のことである。この文章のなかで、小林氏は、那須与一扇の的のくだりの勇壮な平家琵琶を聞きながら涙を流した相州北条家の勇将、大徳寺某の逸話を引いている。「常山紀談《じょうざんきだん》」にある話だそうであるが、大徳寺は、「勇気功名の面白い曲に、何故涙を流されたか」と不審がる家来たちに、「たわけ者め、的に当らなかったらどうしたか。与一は馬上で腹を切って死ななければならなかったではないか。弓箭《ゆみや》とる道ほどあわれなるものはない、と落涙に堪えなかったのである」と答えたという。

同じようなことを、われわれも日常茶飯のうちに体験することがある。それはテレビの野球を見ているときでもよければ、鼓笛隊の行列かなにかを見物しているときでもよい。ひとびとが打ち興じ、笑いさざめいているときに、何故かわけもなく涙がこみあげて来て始末に困るというような経験を、誰でも一度や二度は持っているものである。

そういうとき、われわれは眼の前に展開される風景のなかに自分の人生を見ている。もっと正確にいえば、われわれはそこに自分の人生のなかにあって、親子兄弟、夫婦や友人にも伝えがたいものの姿を見ている。「弓箭とる道ほどあわれなるものはない」という大徳寺某の言葉の「あわれ」という一語ほど、このいわくいいがたい体験を含蓄深くあらわしているものはない。それは、われわれひとりひとりの孤独な人生のかたちが、触目の風景（あるいは試合・演奏その他）によってにわかに露わにされるときに生じる深い感情である。

この深い感情は、ひとが世間の通念の鋪道を幸福に散歩しているかぎり、決して訪れることがない。「さくらさくら」が長閑《のどか》な春の曲だと思い込んでいる人間には、決してこの曲の底に流れる憂愁の恐しさはわからない。だが、それならわれわれは「平家」に結局自分の人生を読むだけであろうか。小林氏の批評は、大徳寺某の平家琵琶におけるのと同様に、まさに「勇壮な」屋島合戦のくだりであえて「涙を流す」という態度ではじめられた。いいかえれば氏は、すべてを氏の孤独な人生のかたちに切り取ったのである。

そうさせたのは、人生がそうでしかあり得ないという氏の確信である。しかし氏は、円熟するにつれて、個人的な「かたち」を超えた「かたち」というもの、つまり「古典」の硬質な「かたち」を発見するにいたった。それは、とりもなおさずひとつの人生のではなく、「人生」というものの普遍的なかたちである。それが通念をも個人的感慨をも超えた「平家物語」という古典そのものの「かたち」に似ている、と氏はいうのである。

6　悲しみの姿

詩人は、自分の悲しみを、言葉で誇張して見せるのでもなければ、飾り立てて見せるのでもない。一輪の花に美しい姿がある様に、放って置けば消えて了《しま》う、取るに足らぬ小さな自分の悲しみにも、これを粗末に扱わず、はっきり見定めれば、美しい姿のあることを知っている人です。

（「美を求める心」一九五七年二月）

ふとした瞬間に、忘れていた悲しみが胸元にこみあげて来ることがある。それは子供のときに故もなく傷つけられた想い出でもよければ、女と別れようと思いながらわけもなく街を歩いていて知らずに心に焼きつけていた風景でもいい。そのときは泣いたり顔を歪めたりしていたが、いったい何がどう悲しいのか、わかっていたわけではなかった。

しかし、そうして記憶のなかから浮かび上って来ると、今では悲しみの輪郭がたどれるような気がする。それはとりもなおさず自分の輪郭であり、それを見ているのは、辛い。傷つけられたのは、「故もなく」ではなくて、単に自分が自分以外のものではあり得なかったからであり、女と別れたのもほかに自分の渇望を処理するすべがなかったからである。そう思って見ていると、浮かび上って来る悲しみは、生れる前の暗闇から湧いて来ているように感じられ、それが自分のかたちに切りとられ、そして自分がここにいるように思われる。そのかたちは美しくも醜くもない。しかし、自分のかたちである以上、見ているのは、辛い。こういう体験は、おそらく誰にでもあるものである。しかし、それを表現するということはまた別のことである。深刻な体験をしたから、書けば他人を感動させられるだろう、と考える人がいる。また、「敗戦の体験」とか「戦中派の体験」というような、集団に一様に分配されている体験というものがあると信じている人がいる。だが、それを表現しようとするとき、人は決してその「深刻さ」や「ひろがり」に頼っては書けない。書いてもその文章は他人を感動させることができない。

それはそのとき、誰しもがどうしても自分に、自分以外の誰にも味わうことのできなかったいわくいいがたいあるものに、直面させられてしまうからである。この「見さだめる」のが辛いものから眼をそらさずにいることは、凡人にはできない。しかし、それができなければ、そのなかにひそんでいる「美しい姿」は決して発見できない。

小林氏は、そうさせるものは詩人の自意識だというのであろう。「粗末な悲しみ」にも「美しい姿」をあたえるものは、自意識だと。自意識とは、言葉をかえていえば、自分を深く識《し》り、そのかたちを見さだめる情熱のことである。

7　思いあぐむということ

考えあぐむ、とか思いあぐむとかいう言葉がある、思いあぐんだ末、とうとうあの女は自殺して了ったと言います。こういう言い方には深い仔細《しさい》があるのであって、例えば、人類について遠大に思索している思想家は、果ては自殺して了った女なぞ眼中にはないかも知れないが、ものの考え方については、女の方が正統派かも知れませぬ。

（「文学と自分」一九四〇年十一月）

「思想」というものを、自分の外にあって自分を律するものと考える人がいる。したがって「思想的」な人間とは、「思想」と自分との関係をいつも気にしている人間だと思うような通念がある。あれはもう「思想」から離れたから駄目だとか、あれには「思想」がないというようないいかたが生れる所以《ゆえん》である。

　しかし実はそういう思想全集にはいっているような「思想」が、人を生かしたり死なせたりするわけではない。人の生死を左右する思想とは自分の内側にある思想、ひとりひとりの胸の底にあるなにか熱いもののことである。そういう熱いものの存在をとりたてて感じずに一生をすごす人がないとはいえない。だがその熱いものが自分をつき動かし、思いもよらなかった方向に人生の行路を変え、あるいはそのただなかに立ち止まらせるとしたらどうか。それは恋でもよい。または自分がどうしても出てしなければならぬと感じる仕事のようなものでもよい。そういう熱いなにものかが自分をつき動かすとき、果してかくかくの行動が「思想」にてらして正しいかどうかなどとふりかえる余裕はないはずである。そのときわれわれは自分のなかにあるものだけで、今日の自分が背後に背負って来た限られた狭い経験だけに頼って、決めなければならない。捨てればこの女は死ぬ。しかしどうしても自分はあの女の傍にいたい、いやむしろ死の彼方にまであの女と一緒に旅立ちたい、という情念にとり憑《つ》かれた世話浄瑠璃《じょうるり》の主人公に思想がないなどと考えるのは、「思想」の過剰のなかで自分を見失った者の傲慢である。こういうとき、浄瑠璃の主人公は、いわば自分のすべてをあげて「思いあぐ」み、彼以外の誰にも描くことのできない生の軌跡を描いている。それはまた当然彼の死の軌跡でもあり、彼を生き死にさせる思想である。これ以外の「思想」が果して信じられるか。いや、誰がいったいこれ以外の思想によって生きているか。だからこの思想は、むしろ哀しみとか怒りとか、あるいはイメイジとか匂いとかいうものに近いといってもよい。そういう一見ささやかなものに、実は大思想家の体系的思索につりあう重みが、つまりひとりの人間の心のかかった重みがあることを、小林氏は語っている。そしてもし思想家の体系的思索が、彼自身の胸の熱さから生まれたものでなければ、それは意志薄弱な遊冶郎《ゆうやろう》の恋の思案に劣ると、氏は言うのである。

8 個性と狂気

諸君は、私を個性的な人間だと言ってくれるが、私の個性のなかで最も個性的なものは何んであったか。私の精神病ではないか、私が戦った当の相手ではないか。私は戦ったが、遂に力尽きて自殺するに至った。正気の時の私も、まことに風変りな人間であった。私は、私の個性の烈《はげ》しさ故に、優しい弟とも敬愛するゴーガンとも衝突しなければならなかった。誰ともうまくやって行く事が出来なかった。私は、自分の個性を持て余した人間だ。個性的なものなど、なければないで、どんなに済ましたかったであろう。諸君は、私が止むを得ず現したところを、私が失敗したところを言っているのだ。

（「ゴッホの病気」一九五八年十一月）

これは小林氏がゴッホの霊にのり憑《うつ》られて語っている言葉である。しかし、そういうとき、逆にゴッホの口をかりて小林氏の内心の声が語り出す。つまり、「個性」とは何か。自分の顔以外の何ものでもないではないか。大切なことは、自分がどんな顔をした人間かを知り、その重荷に耐えることだ。そのことのどこに人を昂奮させるようなことがあるか、という声が。

われわれはいつも制約のなかで生きている。自由に選びながら生きられると思うのは妄想で、むしろ絶えず選ばされながら生きているにすぎない。この男となら幸福になれるだろうと思って一緒になった女が、ほどなく男と別れた。そのとき女は、どうして自分はいつもこんな別れ方をするのだろうといぶかったりする。自分はよほど男運が悪いのだと。しかし、このとき彼女は、彼女が自分でありつづける以上、その人生は彼女自身のかたちに切りとられるほかないのだということを忘れている。それが彼女の「個性」であり、この「個性」は彼女が自分の「個性」だと信じているもの、つまり髪型や、男を魅惑するはずの唇や、ちょっと才気のある話しぶりなどとは、ほとんど関係のないものである。

だからむしろそれを「欠陥」といってもよい。あるいはそれを「宿命」といっても同じことである。しかし、この「宿命」にロマンティックな響きはまったくない。それは人が生まれながらに背負っている重い荷物、あるいは人の心に幼いときからうがたれている暗い穴である。

この荷物や空洞の制約を、人はどうしても回避できない。母のない子に母は決してあらわれず、父のない子に父はあらわれない。狂人は決して狂気から自由にはなれぬ。それなら人が生きるということは、しかも「自由」に生きるということは、進んで自分の「欠陥」のかたちを見きわめ、これを背負って歩きつづけることではないか。

ゴッホという狂人は恐ろしい精神の力でこれをやりとげようとした。しかしその精神はカンヴァスからはみ出し、彼の絵を「美」でも「慰め」でもないものにした。それが彼の「個性」だ。それでも「個性」などが珍しいか、と小林氏はいうのである。

9　模倣について

模倣は独創の母である。唯一人のほんとうの母親である。二人を引離して了《しま》ったのは、ほんの近代の趣味に過ぎない。模倣してみないで、どうして模倣出来ぬものに出会えようか。僕は他人の歌を模倣する。他人の歌は僕の肉声の上に乗る他はあるまい。してみれば、僕が他人の歌を上手に模倣すればするほど、僕は僕自身の掛けがえのない歌を模倣するに至る。

（「モオツァルト」一九四六年十二月）

教育という行為が、ものまねからはじまるということをわれわれは忘れている。ものまねをくりかえすうちに、われわれは自分が属している文化のなかに組み入れられ、文化という全体の一部分を占める因子になる。この文化にわれわれのうちのひとりが何かをつけ加えることになるとしても、それはものまねを独創で置換することによってではあり得ない。むしろ模倣に徹するところに生じる自在さを、かりに「独創」と呼ぶのである。

　同じことを、今から六百年ほど前に書かれた「風姿花伝」のなかで、世阿弥は次のようにいっている。「たとひ人も褒《ほ》め、名人などに勝つとも、これは一旦珍らしき花なりと、思ひ悟りて、いよいよ物まねをも直ぐにし定め、名を得たらん人に、事を細《こまか》に問ひて、稽古をいやましにすべし。されば、時分の花をまことの花と知る心が、真実の花に猶《なお》遠ざかる心也《なり》。ただ、人毎《ごと》に、この時分の花に迷ひて、やがて花の失するをも知らず。初心と申すは、この比《ころ》の事也」この「時分の花」に迷う心を、「近代の趣味」におきかえてみれば、世阿弥が小林氏とほとんど同じことを説いているのは自明なはずである。

　しかし、われわれがものまねの意味を見失っているのは、なにも芸事の「稽古」にかぎったことではない。われわれは「独創」――「個性」という観念にとりつかれるあまり、そもそも模倣すべき他人の姿を見失っているからである。その他人は、かならずしも師と仰ぐべき人でなくてもいい。それは単に、ある渇望をいだいて拙劣に生きている市井の一児女であってもいい。彼女の「歌」を唇にのぼらせたとき、われわれはおそらく彼女を理解しはじめており、そのとるに足りない、しかしかけがえのない人生がわれわれ自身の同じようにとるに足りない、しかし同時にかけがえのない人生のなかに生きはじめるのを感じる。われわれの人生は所詮彼女の人生ではない。その意味でわれわれはやはり孤独であるが、少くともそのときわれわれは個々の人生が、デカルトの夢想した天体のように、それぞれの音楽を発しながら闇のなかに生じ、闇のなかに光芒をのこして消えて行くのを知る。その音楽を聴こうとするところにしか、人間に対する共感、あるいは文化や伝統についての感受性は生れないと、小林氏はいうのである。

10　批評について

文化の生産とは、自然と精神との立会いである。手仕事をする者はいつも眼の前にある物について心を砕いている。批評という言葉さえ知らぬ職人でも、物に衝突する精神の手ごたえ、それが批評だと言えば、解り切った事だと言うでしょう。現代の批評病は、いろいろな症例を現しているが、根本のところは、物に対するこの心の手ごたえを失っている事から来ている様に思われます。何かを批評している積りであるが、その何かが実は無いのである。

（「私の人生観」一九四九年十月）

物に対する心の手ごたえを失っているというのは、言葉をかえていえば人間が孤独でなくなっているということである。もっと正確にいえば、概念にからめとられた孤独な人間たちの眼に、自分の孤独な姿が見えなくなっているということである。「平和」とか「進歩」とか「民主主義」とかいうスローガンなら、他人と声をあわせて唱えていればよい。しかしわれわれはなにによって「物」に触れるのだろうか。「物」に触れる「心」の手ごたえとはいったいなんだろうか。

おそらくそれは悲しみに似た充実感である。「物」がそこにあるということ。あるいは「他人」がそこにいて、結局それは自分ではなく、そうであればその心にも行為にも一指だに触れることはできないということ。そういうかたちでしかわれわれは「物」にも「他人」にも触れられない。つまりわれわれが自分の孤独に戻れたときにしか、「物」も「他人」もその真の姿をあらわしはしない。

それなら批評とはなんだろうか。それはつまるところ「物」や「他人」に触れた苦痛に耐えながら歌う歌になるほかないものではないか。女のもののいい方が才走っているとか、着物の着方が小粋だとかいっているうちは、われわれは世間の眼で漠然と「女」という概念を眺めているにすぎない。そしてもしこちらも「男」という概念のチョッキにかくれて女と交渉を持てば、そこには快楽という感覚のゆらぎがあるだけで苦痛も孤独もあるはずはない。

世の遊び上手とは、だから概念のかげから快楽だけをすくいとって、自分の孤独が決して見えないように処理できる人間のことである。

しかしもし逆に、女が逆に概念のかげからあらわれてひとりの「他人」として生きはじめてしまえばどうだろうか。そのときわれわれは女を愛すか憎むかするほかはない。なぜならそのときわれわれはいやでも自分の孤独に直面させられてしまうから。そしてそういう自分は「衝突」して来る女の手ごたえを否応なく感じさせられるから。

ここでわれわれは別に批評家にならなくてもよい。だがもし批評というものが人の心を打つとすれば、それはこういう苦痛に耐えた精神作用の働きである場合だけだ、と小林氏はいうのである。

11 「怨望」という不徳

「怨望《えんぼう》」は、自ら顧み、自ら進んで取るという事がない。自発性をまるで失って生きて行く人間の働きは、「働きの陰なるもの」であって、そういう人間の心事は、内には私語となって現れ、外には徒党となって現れる他に現れようがない。怨望家の不平は、満足される機がない。自発性を失った心の空洞を満たすものは不平しかないし、不平を満足させるには自発性が要《い》るからだ。

（「福沢諭吉」〈考えるヒント〉一九六二年六月）

これは、福沢の「学問のすすめ」のなかにある「怨望の人間に害あるを論ず」という章に触れた一節である。人間の不徳にはさまざまなものがあるが、たいていは裏返せば美徳になるようなものばかりである。「粗野」は「率直」に、「浮薄」は「穎敏《えいびん》」に通じもする。しかしただひとつ、「怨望」だけは絶対的な不徳であって、徳に転じようがない、というのである。

しかしこの不徳は、今日の日本人の心にとり憑《つ》いて、離れがたくなっているかのように見える。「怨望」とはひらたくいえば「ひがみ」であるが、われわれは極言すれば「ひがみ」によって日常を送っているとさえいえそうだからである。われわれは自分よりすぐれた者がいることに耐えられない。なぜなら「民主主義」とは四民無差別のことだと考えられており、自分より智徳にすぐれた者が周囲にいるのは、この「原則」に対する侮辱と考えられるからである。したがってわれわれは向上に努めるかわりにすぐれた者を自分と同じ水準にまで引き下げようとする。どうせ人間は色と欲だという怠惰な考え方が今日のジャーナリズムを占領している所以である。

だが、そうして「怨望」によってすぐれた者を引きおろしてみても、われわれは少しも幸福にはなれない。いわばわれわれひとともに不幸になるだけで、少しも充ち足りた感情にはなれないのである。それは「ひがみ」によって生きる者の価値の基準が自分のなかにないからにほかならない。つまり自分が自分であって他人ではないことに対する怨み以外の感情がわれわれに欠けているからにほかならない。

この感情は「近代」の到来とともに日本人の心に深く植えつけられたものである。日本人はそのとき自分が自分であって西洋人ではないことに嫌悪を感じ、徹底的な自己破壊を開始したからである。敗戦以来この傾向は一層いちじるしい。自己嫌悪は内にあっては悪平等をはびこらせ、外に向かっては西洋をあるがままに眺めることを妨げさせている。おびただしい「近代化」の努力はおこなわれているが、自己嫌悪に発した努力はなんの満足ももたらさない。「空洞」はますますわれわれの心にひろがるばかりである。

そういう「自発性をまるで失って生きて行く人間」の姿は、近代の開幕に立ちあった福沢の眼にすでにはっきり見えていたが、福沢について語る小林氏の眼にも焼きつけられている。福沢同様、氏はこの「空洞」を「自発性」によって充たし得た稀有な精神の持主だからである。

12　ミカンとミカン水

expression の表現という訳語は、あまりうまい訳語とは思えませぬ。expression という言葉は、元来蜜柑《みかん》を潰《つぶ》して蜜柑水を作る様に、物を圧《お》し潰して中味を出すという意味の言葉だ。……古典派の時代は形式の時代であるのに対して、浪漫派の時代は表現の時代であると言えます。

（「表現について」一九五〇年四月）

パリのカフェ・テラスで一番安い飲物は、多分オランジュ・プレッセというやつだろうと思う。ミカンをつぶして汁をしぼり、水で割っただけの飲物である。大してうまくはないが、渇きを癒すのには足りる。それというのもこの成分がミカンだからである。

しかし、つぶして中味を圧し出されるのがミカンではなくて人間の内面だったらどうであろうか。そこからしぼり出される「表現」というものは、果して私たちの精神の渇きを癒すような性質のものなのだろうか。それとも逆に、私たちをかえっていらいらさせるような性質のものなのだろうか。それはもちろんひとりひとりの内面によるだろう。しかし、しぼり出されてその「表現」に接する人々にある豊かなやすらぎをあたえるような内面生活というものは、果して自分の中味を圧しつぶして他人の眼の前にさらすというような日常から生まれるものだろうか。

こう考えて来ると現代人の生活というものは妙なものである。そこでは人が自己を主張しあって生きている。主張するということは「表現」することであるから、私たちは日夜自分をつぶして中味をしぼり出しながら暮らしている。しかし私たちはミカンではなく、そこからしぼり出されるのはミカン水ではない。

つまりそこからはさまざまに屈折した欲望以外のものがあらわれることはない。なぜならこの「表現」の基準になっているのは自分以外にないからである。自分の主人が自分しかないということになれば、人はおそれることを知らなくなる。しぼり出される内面からどんな欲望があらわれようとも、それを恥じるということがなくなる。「性」も「物欲」も、これを誇示していればよく、他人の欲望と自分の欲望が衝突することがあれば相手を力でねじふせればよいことになる。

しかし、こういう日常を送っていると人間は確実に疲れるのである。しぼり出されても他人に安息と喜びをあたえるような豊かな内面は、このような生活からは決して生まれはしない。そのことは、なによりもまず現代の芸術の衰弱にあらわれている。人間がものを創り出す力は、なによりもまず芸術の上に反映されるものだからである。

だが芸術の根を支えているのは私たちの生活である。生活がしぼりかすになって行くような時代、人が自分を超えたものへのおそれを失った時代の貧しさを、小林氏の比喩は暗示しているといえるであろう。

13　不知について

彼はただ誠実に自分自身を吟味して、自己というものの汲み尽すことの出来ないのを見て、これを率直に容認した。それで何が不安か、何が不足か。彼は、己れを知ろうとして、知ることが出来ないと諦《あきら》めたのではない。不知を得て、これを信じたのである。

（「悪魔的なもの」一九五八年二月）

ここで「彼」というのは、ソクラテスのことである。彼は「汝自身を知れ」というデルフォイの神託を自分の哲学の出発点にして、考えを深めていった。しかし、そうするうちに人間の意識がきわめられる範囲は知れたもので、人間生活のほんの一部にすぎない、ということがわかりはじめた。のこりはどうしてもきわめることができない。すなわち知ることができないという意味で、「不知」である。ソクラテスは、それでいい、自分はその「不知」を信じることにしよう、といったというのである。

この「不知」は、今日の言葉でいえば「無意識」ということになるだろうと思う。フロイトやユングの心理学がうがち入ろうとした領域である。しかし、よく考えてみると「不知」と「無意識」とは似ているようでいて実は大変にちがうものである。ソクラテスにとっては「不知」は人間を超えたものと考えられているのに、フロイトは「無意識」を人間に属しているものと考えたからだ。

ソクラテスとフロイトのちがいは、古典古代の心理学の限界と近代の心理学の可能性のちがいだといえるだろうか。一面から、つまり科学の進歩という面から考えればそうもいえる。しかし実はこのあいだには人間観の転換がおこなわれているのである。つまり、人間を超えたものが存在するという人間観と、人間が存在するという人間観との。

ソクラテスの「不知」がひとつの信念であるのに対して、フロイトの「無意識」はひとつの仮説である。それならフロイトの信念はなんだったか？　それは、科学によって人間の内面をことごとくあかるみに出すことができるという前提である。

フロイトがそのことに成功したかどうかは別問題である。彼の理論がひとつの仮説にすぎないことは今日の常識であろう。しかし彼の信念はその弟子たちにうけつがれ、さまざまな新しい仮説を生んでいる。

問題は、しかしそういう信念によって人間が幸福になったか、ということにあるのではないだろうか。

愛する女の内面をすべて知り得たという慢心にとらわれた人間に、本当に「愛」がわかるだろうか。相手がよくわからず、相手を愛しているという自分の心底にあるものも読み切れないからこそ、「愛」というかたちにあらわしがたいものを、人は信じるのではないか。「不知」というソクラテスの言葉が、新鮮な重みをもってよみがえるのはそこからだ、と小林氏はいうのである。

14　先駆者の悲哀

氏は成功したから、先駆者の悲哀がその裏に隠れて了ったただけだ。それに又氏は世間の到る処にドラマを発見したが（氏の短篇も長篇も一種の心理的ドラマである）自分の先駆者たる悲哀には決してドラマを見なかっただけだ。だが要するに氏が歩いた道は先駆者の道であって、社会の歩みに垂直に交わる様な言わば観念的先駆者の道ではなかっただけである。

（「菊池寛論」一九三七年一月）

ここでいう「氏」とはもちろん菊池寛のことである。この一節を含む昭和十二年の「菊池寛論」を手はじめに、小林氏はたしか今日までに四度菊池寛について書いている。ランボオとドストエフスキイをのぞけば、小林氏がこれほど情熱を傾けて語った対象はほかにあまりない。つまり菊池寛は、小林氏にとってそれほど切実な対象だったということになるであろう。

それは多分、小林氏に菊池寛が日本の近代文学全体に対する批評と見えたからにちがいない。ごく大ざっぱにいえば、日本の近代文学の主流は、「社会の歩みに垂直に交わる様な言わば観念的先駆者」たらんとした「文学青年」たちがつくりあげたものであった。これに対して小林氏によれば、菊池寛の「初期の短篇小説や戯曲に既に文学青年を惹附ける何物かが欠けていたし、文学青年の理解を絶した何物かがあった」のである。

この「何物か」とはなにか。おそらくものが見えてしまうという資質である。いいかえれば自他の欲するもののかたちが黙っていても自然に見えて来るという資質である。

これが明確に見えていたからこそ、菊池はその文学的生涯の中途で「純文学」に見切りをつけ、通俗小説を書き出した。それは文学を社会化する道が、これ以外にないと彼には思われたからである。

社会というものは自他の欲望の交換によって成立している。少なくとも彼には社会はそういう原則にしたがって動いているように見えた。そして「観念的な先駆者」たらんとするいわゆる「文学青年」は、この原則から奇妙に浮きあがって生きているように見えた。つまり彼らの文学は、おそらく菊池にいわせればこの欲望に試みられたことのない、ひよわなものに見えたのである。

だからといって菊池寛は、自分が「文学青年」以上のことをしているとも思わなかったにちがいない。「菊池さんは、……自我が強く、実にわが儘な人であったが、自分というものを少しも重んじてはいなかった」と、小林氏は別のところに書いている。彼は、自分の眼に見えたいものを相手にして生きるより仕方がなかった。

本当の先駆者というものは、先駆者たらんとしてそうなるものではない。おそらく自分の資質と能力とによって先駆者たらざるを得ないところへ追い込まれてしまうものだ。そしてそういう人間にとっては、先駆者であることはかりに悲哀であっても誇りではない、と小林氏はいうのである。

15　社会と個性

社会は芸術を生産する大きな工場だが、大工場が必ず精密な実験室を必要とする様に、作家は社会とは明らさまな交渉の不可能な個性的理論をはぐくんでいるものだ。強烈な個性にとっては、個人主義思想の正邪に関する、どんな精確な理論も退屈であり、逆に思想にとっては、どんな強い個性でも単なる命題に過ぎぬ。

（「谷崎潤一郎」一九三一年五月）

よく私たちは「社会」のために働く、というようないいかたをする。あるいは「時代」のために献身するとか、「歴史」のために生きるなどといういいかたもある。現代の日本ではこういういいかたが特に流行している。あたかもただ生きていることは罪悪であるかのように。あるいは人間がただ生きているということはないというかのように。

たしかに人間が生存の必要上「社会」というものを構成していることは否定できない。私たちが国家に対する忠誠、あるいは集団に対する奉仕というような観念に拘束されていることも事実であろう。

しかし、それにもかかわらず私たちはまず単に生きている。いわば生まれて母親に育てられ、父親という最初の他人に出逢い、教育され、やがて自分の家族というものをつくり、そのうちに死んで行く永遠の生物学的存在――それが私たちのいちばん基本的な姿である。

しかし、私たちはしばしばこのことを忘れる。私たちは生きて行くために「時代」や「歴史」を呼びよせながら、逆に「時代」や「歴史」のために生きているのだと錯覚しようとする。それで別に痛痒を感じないのは、私たちの大部分が「社会」に、つまり「時代」や「歴史」が現実にあらわれると感じられている場所に適応して生きているからであろう。だがここに生きて行くためにそういう一般的な概念を呼びよせるのでは満足できない人々がいる。

たとえば「歴史」ではなくて、女の素足の美しさを呼びよせなければ生きて行けないと感じる人間がいる。そういう人間をなんと呼んだらいいか。それを「個性」と呼ぶのだと、小林氏はいっている。

「個性的理論」とは、女の素足の美しさを慕って生きるような生きかたのことである。このことと近代的個人主義とのあいだにはなんの関係もありはしない。思想家はおそらく谷崎潤一郎をマゾヒストかフェティシストの一例にすぎぬというであろう。しかし皮肉なことに、サルトルは谷崎を評して「現代の日本に全的に参加した作家である」といっているそうである。「個性的理論」に執することによって、どんな一般的概念もとらえることのできなかったある「社会」の姿を映し出してみせるような「個性」——それが作家を真に支えるものである。

16 「観」について

観というのは見るという意味であるが、そこいらのものが、電車だとか、犬ころだとか、そんなものがやたらに見えたところで仕方がない。極楽浄土が見えて来なければいけない。「観無量寿経《かんむりょうじゅきょう》」という御経《おきょう》に、十六観というものが説かれております。それによりますと極楽浄土というものは、空想するものではない。まざまざと観えて来るものだという。……もともとこのお経は、或る絶望した女性の為に、仏が平易に説かれたものという事になっているので、お釈迦《しゃか》様が菩提樹《ぼだいじゅ》の下で悟りを開いたのはこんな方法ではなかっただろう、禅観というもっと哲学的な観法《かんぽう》によって覚者《かくしゃ》となったと言われているが、しかしこの観という意味合いは恐らく同じ事であろうと思われます。

（「私の人生観」一九四九年十月）

極楽浄土を見なければならないのは、俗世間に安んじていられるような幸福な人間ではない。あるいはまた、物質の豊かさで心の欠落を埋めることのできるような人間でもあり得ない。それは、仏がそのために無量寿経を説かれた女性のような、「絶望した」人間たちである。

「池には七宝の蓮華が咲き乱れ、その数六十億、その一つ一つの葉を見れば、八万四千の葉脈が走り、八万四千の光を発して」いるような極楽が見えはじめるのはまだあとのことである。

そういう光景が見えだす前に、彼女は幾多の醜悪な光景を自他の上に見て来なければならなかった。それは見ようとして見えるものではない。見まいとしても自然にあらわれ、それが見えることによって彼女をますます絶望の淵につきおとすような残酷なかたちである。

このものを「業」といってもよい。それはわれわれひとりひとりの存在の底によどんでいるものであるが、われわれが見ずに済ましているものである。

だが、ふつうの人間が見れば死ななければならないような人間存在の秘密を、彼女は求めずして見なければならなかった。どうしてうら若い、思慮も足りない女に、そういう光景が見えてしまったのかというようなことをいってもはじまらない。それを見た彼女が辛く、悲しいのは、自分が見たものの悲しさ、辛さをこの世の誰にも理解してもらうわけにいかないからである。

彼女は言葉をうばわれている。彼女の前には暗く空虚な、それでいて重い世界があらわれる。そのなかに身を投じれば彼女は死に、無間地獄があらわれるのである。

極楽浄土はそういう女の前にあらわれるものだと、無量寿経はいっている。だがそれなら、「観」とはいったいなんだろうか。

それは残酷な、醜悪なもののかたちを見ることに耐え、ついにはそのかたちが「八万四千の光」を発するようになるまで耐えることではないか。私には極楽浄土は見えない。しかしそういう「観」が実践されていることを、モオツァルトやショパンの音楽に聴くことはある、といわなければならない。

17 和やかな眼

俺は今でもそうである。俺の言動の端くれを取りあげて（言動とはすべて端くれ的である）、俺に就いて何か意見をでっち上げようとかかる人を見るごとに、名状し難い嫌悪に襲われる。和《なご》やかな眼に出会う機会は実に実に稀れである。和やかな眼だけが恐ろしい、何を見られているかわからぬからだ。和やかな眼だけが美しい、まだ俺には辿りきれない、秘密をもっているからだ。この眼こそ一番張り切った眼なのだ、一番注意深い眼なのだ。

（「Xへの手紙」一九三二年七月）

この「和やかな眼」はおそらく開かれた心にしか宿らないものである。あらゆる「端くれ的」なものをすべてくるみこんで、人をそのままに受け容れようとしている眼――そういう眼を私たちはなかなか所有することができない。なぜなら小林氏が、同じ「Xへの手紙」で述べているように、「この世に生きるとは咽《む》せかえる雑沓を掻き分ける様なもの」であり、そういう「雑沓」のなかで心を開き、「和やかな眼」をしていようとすれば、かならず私たちは自分のふところに土足をつっこまれるような目に逢って傷つかなければならないからである。

だから「和やかな眼」には稀にしか逢えない。しかしもし説得力のある批評があるとすれば、それはこういう眼の持主によってなされた批評以外にはない。拒否して来るものと戦うことは容易だが、受け容れることによって批評するものには対抗することができないからだ。そのとき私たちは自分の心を開くことを自然に迫られてしまう。受容してくれるものの大きさに立ち向かおうとして、一生懸命身がまえようとしてみても、結局は敗けてしまうのである。

そうしてこちらはすべてを見られてしまい、先方の「和やかな眼」の奥底にあるものはついにとらえられずに終わる。そういう批評ほど怖いものはないのである。

だが、もしかりにこの「和やかな眼」の奥に隠されているものを覗きこむことができるとしたら、私たちはおそらくそこにひとつの「絶望」を見るだろう。数かぎりない裏切りから得た傷跡に凝固したひとつの深い「絶望」が、この「一番張り切った眼、一番注意深い眼」をささえていることを知るだろう。しかしこの「絶望」は暗く澱んだ「絶望」ではない。あくまでも動的な精神にささえられたものである。裏切られることを予期しながら、あえて受容しようとする者の強い精神にだけあたえられたしなやかさ、それがこの「絶望」の正体である。

批評が嫉妬の衝動からなされるかぎり、あらゆる批評家はこういう「和やかな眼」を持つことができない。私はここで文芸批評家のことだけをいっているわけではない。私たちが人と人とのあいだで生きているうちに、日常茶飯におこなっているあらゆる「批評」についてこのことは妥当する。「端くれ的」批評は世間にいっとき通じても、対象の中心を射ぬくことができないのである。つまりそれは粉飾された誤解以上のものにはなれないのである。

18 「悲しみ」と告白

それは確かに在ったのだ。彼を閉じ込めた得態《えたい》の知れぬ悲しみが。彼は、それをひたすら告白によって汲み尽そうと悩んだが、告白するとは、新しい悲しみを作り出す事に他ならなかったのである。彼は自分の告白の中に閉じこめられ、どうしても出口を見附ける事が出来なかった。彼を本当に閉じ込めている外界という実在にめぐり遇う事が出来なかった。

（「中原中也の思い出」一九四九年八月）

中原中也の「山羊《やぎ》の歌」を漠然と眺めていたら、右の一節が頭に浮かんで来た。中原はいうまでもなく、小林氏と青春をともにしたもっとも重要な友人である。同じ「思い出」のなかで、小林氏は、「詩人を理解するということは、詩ではなく、生まれながらの詩人の肉体を理解するということは、何と辛《つら》い想いだろう」と書いている。二人のあいだには、小林氏に「辛い」といわせるような出来事が、いくつもおこった。しかしそのことについて私は書こうというのではない。

拙劣な告白に身を委《ゆだ》ねたい衝動なら、誰にでもある。それはあの「得態の知れぬ悲しみ」が、夭折した詩人だけのものではないからである。ただ詩人の持っている言葉を、私たちが持っていないというだけだ。私たちは告白し、誰かに聴いてもらい、そして救われようとする。つまり「悲しみ」からのがれようとする。そう思うのは、この「誰か」が自分を理解し、赦《ゆる》してくれると期待するからである。しかし、それならこの「誰か」とはなんだろうか。

この「誰か」はもちろん私たち同様に「得態の知れぬ悲しみ」をかかえた人間にすぎない。彼、あるいは彼女が私たちの告白を聴くのは、いわば優しさからにすぎず、そうしたからといって「悲しみ」をどうすることができるわけのものでもないことを、聴き手は知っている。私たちの「悲しみ」は告白によって軽くなるかも知れないが、それを聴く彼、あるいは彼女の「悲しみ」はそのことによってむしろ深まるかも知れないのである。

告白が新しい悲しみを作り出すなら、告白を聴くことも新しい悲しみを作り出す。われわれに欠けているのは実在だけではなくて、実在を保証する「誰か」ではないか。この「誰か」を人間に求めるかぎり、いわば私たちのあいだの「悲しみ」の絶対値はすこしも変わりようがない。

私たちが人間を超えたなにものかの存在を求めはじめるのは、ここからである。逆にいえば、そういう存在が見えなくなったときから、近代人の心を蝕《むしば》むロマン主義的告白というものが行なわれはじめた。それがそこに人間しかいない世界のなかで行なわれるほかないものなら、告白者は結局自分に出逢うしかない場所に放置される。それが夭折した中原におこったことだったと、小林氏はいっている。果して中原の錯乱した眼は、神を見てはいなかったであろうか？

19　生活と表現と

生活しているだけでは足りぬと信ずる処に表現が現われる。表現とは認識なのであり自覚なのである。いかに生きているかを自覚しようとする意志的な意識的な作業なのであり、引いては、いかに生くべきかの実験なのであります。こういうところで、生活と表現とは無関係ではないが、一応の断絶がある。悲しい生活の明瞭な自覚はもう悲しいものとは言えますまい。人間は苦しい生活から、喜びの歌を創造し得るのである。

（「表現について」一九五〇年四月）

どんな「個人主義」的な国でもひとりで生きている人間というものはいない。生きているからには、親があり、子があり、配偶者や兄弟がいる。

つまり人間は自覚するとしないとにかかわらず、係累というものにとりまかれている。「個人主義」か「家族主義」かというちがいは、この係累をどう処理するかというルールのちがいにすぎないともいえる。

係累があれば、かならず私たちには自分の力ではどうしようもないようなことがおこり得る。というよりは、生活というもの自体がどうしようもないことの連続だともいえる。社会体制を変えればどうにかなるだろうと思って、仮りに変えてみたところでこの事情は変わらない。人間に親があり子があり、妻や兄弟、夫があるという生活の現実を変えるわけにはいかないからである。そうであれば、必ずどうしようもないことはおこり、人は思いあぐむ。「因果」という言葉を私たちが思い浮かべるのは、このようなときである。

もし他力本願の信仰があれば、人はここで信仰にすがるにちがいない。そのとき彼の表現は祈り以外のものにはならない。彼は眼をつぶって祈り、わずかにどうすることもできない「因果」からの救済を求める。彼に「認識と自覚」があるとすれば、それは彼が信じるなにものかこそが、このどうしようもない生活のもつれを、ことごとく看透《みとお》しているはずだという信仰のなかにあるのである。

だがすがることのできない人間というものもいる。表現が「現われ」なければならないのは、このような人間についてであり、そのとき彼は「因果」の糸のからみあいを明晰に自覚し、そのなかであえいでいる自分の表情を見つめることを迫られる。それが「表現」しようと意志することであり、その意志によって人はわずかに「因果」から解放される、少なくとも解放されたと信じるのである。

「人間は苦しい生活から、喜びの歌を創造し得るのである」。しかしそれは「悲しみの歌」であってもよい。「悲しみの歌」を歌うことはすでに生命の確認――悲しみからの解放だからである。

20　内を視る眼

「愚痴を言わずに、苦しむ事を学び、病苦を厭《いと》わず、これを直視する事を学ぶのは、眼もくらむばかりの危険を冒すのと全く同じ事である」と彼は書いている。……彼の手紙を読んで、狂気との戦のあとを追って行くと、この視点を失うまいとする努力が、精神の集中と緊張とによってこの視点を得ては失い、失っては得る有様が、手に取る様に感じられるのです。絵の仕事だけが、彼の救いであった。

（「ゴッホの病気」一九五八年十一月）

ゴッホが最初の狂気の発作をおこし、意識を取り戻して病院からアトリエに帰って来たとき、アルルの市民は当局に抗議してこの「危険人物」を病院に監禁させたという。

健康な市民たちのとった措置が間違っていたというわけではない。狂気の特性のひとつは、他人とのコミュニケーションが杜絶するということである。狂人は彼を苦しめているもののかたちを他人に伝えることができず、したがって他人は彼を理解することができない。他人が彼の上に見るのは、耳をわが手で切りとったり、それを娼家に投じたりというような異様な兇暴な行為だけである。そうであれば当然社会は、つまり健康な市民たちは、こういう反社会的行為者を閉じこめてしまわなければならない。

しかし、閉じこめることは狂人の心を抹殺することにはならない。彼にとってはそれこそが唯一の焦眉の問題であり、彼の病んだ心は他人が認めようが認めまいがたしかに実在しているからだ。それが実在しているということを、それならどうして立証したらよいか？

実はこうしてゴッホにおこった難問は、どんな健康な人間の前にも立ちはだかり得るのである。一般に、われわれは他人にわかってもらえそうもないあれこれの苦労をかかえて生きている。それは当人にとってこそ重い実体であるが、他人には空気ほどの現実性もない幻にすぎない。その意味ではわれわれは狂人と確実な共通項を有するのである。つまり孤独な「内面」という共通項を。

われわれがこの「内面」という荷物をかかえて黙って生きているのは、結局荷物が黙ってかかえていられる程度のものだからである。しかし狂人にとっては、この荷物はかかえるほどに重味を加え、ついには耐えかねて叫び声とともに虚空に投じなければならぬほど巨大なものになる。いや投じてもそれはたちまち狂人の肩の上に舞い戻って来て彼をおびやかす。そして他人は彼がいったいなにをやっているのかさっぱり理解することができない。

この荷物の実在を立証するのは、それを「直視」する眼だけだとゴッホは感じた。そして眼の実在を立証するために彼は描いた。だから彼の絵画からわれわれが得るメッセイジは、「内面」というものが在る、それは狂人にも常人にも等しく存在するという直截《ちょくせつ》な、しかし「眼もくらむばかりの危険を冒」して届けられた言葉だと、小林氏はいっている。

21　モネとターナー

色彩派《コロリスト》が外光派《リュミリスト》に転じたのは、理論によったのではなかった。屋外に溢《あふ》れる光の美しさが、画家達を招き、アトリエでの仕事を放棄させたからだ。コローからラ・フォンテーヌを除き、ミレーから聖書を剝《は》ぎとり、もっと直接に風景を摑《つか》みたい。光を満身に浴びて、モネの言葉を借りれば鳥が歌う様に仕事をしたい、そういう画家の自然への愛情の新しい形式の目覚めが根本の事だったのである。

（「モネ」〈近代絵画〉一九五八年四月）

モネが絵画における光の重要さに開眼したのは、ロンドンのナショナル・ギャラリーでターナーの「傑作」を見てからだ、と小林氏はいっている。この「傑作」がなんであったかはわからないが、おそらく“Rain, Steam and Speed”あたりでもあったろうか。これは暴風雨の中を蒸気機関車が走って行くところを描いた絵だが、この作品をロイヤル・アカデミイの秋の展覧会に出品する数ヵ月前、ターナーは実際に汽車旅行の途中で暴風雨に遭ったのである。

目撃者の話では、彼は窓から頭をつき出して十五分あまりも外を眺めていた。そして充分堪能して席に坐り直すと、今度はズブぬれになった頭を拭こうともせず永い間目をつぶっていたという。

まだ「印象主義」などという言葉はなかったが、ターナーはそのとき汽車から見た暴風雨の印象を反芻《はんすう》していたのにちがいない。彼が風景を見ていたのか、自然を見ていたのか、よくわからない。しかしそうして反芻されるうちに、この印象が一種の光の詩とでもいうべきものに変形されて行ったのはたしかであろう。それこそわれわれが彼の“Rain, Steam and Speed”からまっさきに感じるものだからである。この光の詩は、テイト・ギャラリーに収められた晩年の作品ではもっと純粋な表現を獲得している。詩といっても、私はそれが文学的だというわけではない。モネと同じように、ターナーもまた「コローからラ・フォンテーヌを除き、ミレーから聖書を剝ぎと」ったといってもよいが、彼にあっては非常に絵画的な、ほとんど現代を思わせるような光の表現が、それ自体ひとつの詩を感じさせるのである。

モネにはこういう詩はない。ルーアンのカテドラルの連作を見ても、オランジュリイの睡蓮を見ても、モネはいつも光を砕いてしまう物質への信頼を保持していたように思われる。モネの明るさと美しさの背後には、ほとんど崩れかけたマテリアリスムへの強固な信頼があり、ターナーにはそれがない。そしてターナーの美は、決して分析の結果ではなくて綜合によって生まれたもののように思われる。

私は『近代絵画』の「モネ」の章を読みながらターナーを思い出し、フランス的知性と英国的感受性ということを想った。しかし小林氏の美術論は、いわばフランス的知性に出発しながらそれをにわかに超えて、いつもわれわれをある深い直観の世界に導いてくれるのである。

22　自分の声色

自己表現とは、言わば自分の声色《こわいろ》を使ってみせる事だ。台詞《せりふ》の上手下手だけが問題である。上手過ぎる台詞も下手過ぎる台詞も我慢がならぬものだ。両方とも人間らしいものは何一つ表現していないと私達の生活感情は感ずるからである。これは私達の長い社会生活が育て上げた、殆《ほとん》ど直覚的な美学だ。

（「或る夜の感想」一九五〇年五月）

これはチェーホフの「三人姉妹」についての感想である。この芝居は、私自身も観ている。昭和二十五年早春のことで、場所は三越劇場であった。そのころは、まだ東京中が焼け跡だらけだったから、新劇の公演はたいてい三越劇場でおこなわれていたのである。

「上手過ぎる台詞」について、小林氏は「嘘八百から高級にして空疎な理論に至る」ものがそうだ、といっている。「下手過ぎる台詞」とは「叫喚怒号からクシャミやシャックリに至る」もののことである。そういわれてみれば、それから十七年間、私たちが知らぬ間にどれほど深く「上手過ぎ」たり「下手過ぎ」たりする台詞の波にひたって暮らして来たかが、まざまざと実感されずにはいない。焼け跡はなくなって超高層ビルまで建ちはじめたが、「人間らしいものは何一つ表現していない」荒廃がいたるところにただよっているからである。

だが、自己の誇示があって自己表現が欠けているとはどういうことだろうか。自分の声色を使うとはどういうことをいうのであろうか。それはおそらく、内心の声に耳を傾け、その耳が聴いたものを忠実に他人に吐露するということにちがいない。それがあるところには自己表現があり、それが欠けているところには「空疎な理論」か「叫喚怒号」しか生まれないということにちがいない。

声色をつかうためには、まず内心の声に聴きいる必要がある。しかもただ聴いているだけではなくて、聴くことがその内なる声を対象化することにならなければ、この態度は表現という行為にはつながらない。つまり自分が自分以外のものではあり得ないということを悟って、「正直に真面目に」なろうとしないかぎり、自分の声色はつかえないのである。いいかえれば自己表現は不可能なのである。

劇は「正直に真面目に」語ることのできる人間同士のあいだにしか生まれない。なぜなら「正直に真面目に」なるということは、自分の運命を引き受けるということだからである。それがどれほど不幸なものであれ、自分の本性に忠実な歌をうたう覚悟をすることである。

それは自己憐憫《れんびん》や誇張とは逆のことだ。自分をさらけ出すのではなくて、隠された自分の内奥から湧いて来る歌と二重唱をうたうこと――それこそチェーホフが登場人物たちに要求したことだ、と小林氏はいっている。そしておそらくそうする以外にこの現代という「出鱈目な、陰気な」時代を、人間らしく生きる方法はないのだと氏はいっているのである。

23 道徳としての民主主義

そういう主義を発明し、実行に移してみて、苦労した国民にとっては、自由主義も民主主義も、おそらく、思想や知識として理解されているというより、道徳として感じられているであろう。彼等に「行過ぎ」という言葉がわからないのは、うかうかしていれば、行過ぎて了《しま》う道徳などというものが理解出来ないからだ、と私は思う。言われる通りを覚え込んだ思想や知識が、もらった金のように乱費されるという事が、彼等には合点がいかないのである。

（「常識」一九五五年四月）

ここで「道徳」というのは、おそらく日常生活の規範という程度の意味である。つまり人の前を通るときに会釈して通るというような、ほとんど運動神経の一部と化したような対人感覚が、道徳というに足るものである。「論語」に、「曾子曰く、吾れ日に三たび吾が身を省みる。人の為めに謀りて忠ならざる乎《か》。朋友と交りて信ならざる乎。習わざるを伝うる乎」という一節があるが、伊藤仁斎の「論語古義」は、反省されるべきことがらが、どれも他人と自分との関係についてであることに注目せよ、と教えているという。他人との接触を断って、孤独のうちに心をとぎすますというのは、論語の道徳ではない、というのである。

これは要するに、道徳というものが自己追求ではなくて社会的なものだということであろう。そうであるからこそ、自由主義や民主主義を道徳と感じているような国民にとっては、「行過ぎ」ということはあり得ない。自分の行動はかならず他人に及び、他人との関係で制約されることを彼らは身にしみて知っているからである。だからこういう国民にとっては、これらの「主義」は人とのつきあいかたを仮りに名づけたものだといってもさしつかえない。英語にいわゆる「ウェイ・オブ・ライフ」がそれである。

かつて私が奉職したことのある米国東部の大学には、学生が試験の自主管理をする「名誉制《オナー・シス》度《テム》」というものがあった。教師が試験の監督をしないかわりに、学生は自分の答案用紙に絶対に不正行為をしなかった旨の誓約を書き、紳士としての名誉にかけて署名する。万一こうして得られた監視からの「自由」を無制限に行使しようとする者がいて、教師が見ていないのをいいことにカンニングをはたらいたりすると、これは学友全体の名誉を汚す行為として告発される。そして自治会の要請によって学校当局は、不正行為者を退校処分に付するのである。

こういう「ウェイ・オブ・ライフ」には「行過ぎ」はあり得ない。これは実際的な教育として、「自由主義」や「民主主義」の原理を口を酸っぱくして説くよりも、はるかに効果的なやりかたであろう。思想や知識が自己追求の口実につかわれるとき、どんな精神の荒廃が生まれるかを、かずかぎりない例によって熟知している小林氏の到達した「常識」が、道徳という「ウェイ・オブ・ライフ」の再発見をすすめているのである。

24　シチュアシオンの感覚

批評家は直ぐ医者になりたがるが、批評精神は、むしろ患者の側に生きているものだ。医者が患者に質問する、一体、何処《どこ》が、どんな工合に痛いのか。大概の患者は、どう返事しても、直ぐ何んと拙《まず》い返事をしたものだと思うだろう。それが、シチュアシオンの感覚だと言っていい。私は患者として、いつも自分の拙い返答の方を信用する事にしている。例えば、戦前派だとか戦後派だとかいう医者の符牒《ふちょう》を信用した事はない。

（「読者」〈考えるヒント〉一九五九年九月）

結核で療養しているあいだに、私は次第に医者に頼るのは間違いだというような心境になって行ったことがある。それは医者不信というのとは、少し違う。命じられた通り、私は安静時間を守り、注射に通い、薬を飲んでいた。しかしそうしていわば柔順な療養者の生活をつづけながら、私は自分が医者にとっては一つの症例以上のものではなく、いつも自分を悩ましている倦怠や不安や有形・無形の苦痛は、医者の全く関知しないことだという事実を悟って行った。それは心細いことだが、いたしかたのないことである。誰が医者にそれ以上のことを求められるだろうか。

日常生活のなかでも、われわれは、同じような他人に伝えがたい痛みをかかえて暮らしている。そういう痛みは、外側からものさしをあてて測るようなやりかたでは、決して汲みつくされることがないのである。

たとえば、マリリン・モンローはなぜ死んだかという問題がある。彼女は美しくて、金持でもあり、世界中に知れわたったグラマー女優としての名声にも包まれていた。自殺する理由は少しもないように思われたが、それにもかかわらず彼女は、美貌も富も名声も癒すことのできないある孤独な痛みのために死んだのである。

それを精神分析学的に説明しても、なにを理解したことにもならない。それはあたかも自分が病んでいない者であるかのように語ることであり、結局医者の視点からの理解にすぎないからだ。

それなら「患者の側」に立って理解するということはどういうことであろうか。

それはいわば病者の自覚によって理解するということであろう。マリリン・モンローが病んでいるという自覚——それだけがモンローの痛みに触れる道である。

それは説明ではなくて、どんなに「拙い」ものであっても自己表現とならざるを得ない。批評とは結局自己批評のことであり、それは自己表現として語られるほかはないという根本的な原則が忘れられている。

それはわれわれが自分の言葉のかわりに医者の言葉を語ろうとし、自分もまた病者だという事実を直視する勇気を喪《うしな》っているからにちがいない。それをサルトルの言葉を引きながら、小林氏は「シチュアシオンの感覚」の欠如というのである。

25 「書生気質」について

逍遥の「当世書生気質」以来、文学者という書生気質は、実社会の表面を浮動して止まない。例えば、プロレタリヤ文学という最近の最大の書生文学は、書生という言葉を、インテリという言葉に代え、インテリの社会的浮動性を侮蔑する事によって、幻の読者という雲を摑《つか》んだ。まことに詰らぬ事に念を入れたものだが、これは、文学者なら誰にも他人事ではない。

（「読者」〈考えるヒント〉一九五九年九月）

最近、ある古書展に出かけて感じたことがある。古書展といっても、このごろは本よりも肉筆ものに人気が集まっているので、文学者の原稿から私信、色紙、短尺《たんざく》、書幅のたぐいが時を得顔に展観されていたが、私にはそのほとんどがひどく貧相なものに見えてならなかった。

啄木の短尺に八十九万円の値がついたなどといわれても、なんだかひどく架空なことに思われてならない。見ていていい字だなと思うのは、玄人格の秋艸道人《しゅうそうどうじん》（会津八一）を別にすれば、漱石と晩年の潤一郎ぐらいのものである。鷗外の書などは、思わず眼をそむけたくなるくらいいやな書であった。下手というのではなくて、妙にチマチマとせせこましいのである。芥川にも太宰にも、見て心を洗われるというところはまったくなかった。

いい加減いやになって何の気なしに振り向くと、それまで気がつかずにいた一隅にハッとするほど見事な書がふたつ掛かっている。雄渾《ゆうこん》といおうか壮烈といおうか、いわゆる懦夫《だふ》をして起たしめるような気概に充ちていて、しかも大らかさに欠けていない。誰の書だろうかと思って近づいてみておどろいた。そのひとつは明治の政治家副島種臣《そえじまたねおみ》のものであり、他のひとつは海軍中佐広瀬武夫のものだったからである。

副島が条約改正の口火を切り、当時の英国公使をして感嘆せしめた硬骨漢だったことは、明治外交史をひもといた者なら誰でも記憶にとどめている事実である。広瀬武夫が旅順口閉塞に散った「軍神」であることも、戦前の小学校教育を受けた人々はまだどこかに覚えている。

「いい字だなあ」と私が思わず嘆息すると、傍にいた古本屋の主人が、「安いですよ。お買いなさい」といった。政治家や軍人の書は、書としてどんなに立派なものでも、平均して文学者の書の五分の一ほどの値しかつかないのだそうである。

それなら文学者は、政治家や軍人にくらべて五倍も偉い人格なのだろうか。文学者の教養は、明治の政治家や軍人のそれにくらべて五倍も豊かなのだろうか。そうではあり得ないことをこの展観に並べられた書は示していた。「軍人」や華族制度をつくり上げた権威主義がコッケイなら、文士の断簡零墨に数十万円の値をつける裏返された権威主義もコッケイである。「書生気質」が時流を占領している時代は果して倒錯した時代ではないか。私は小林秀雄氏の文章を思い出しながら、古書展を出た。

26 「変り者」について

誰も、変り者になろうとしてなれるものではないし、変り者振《ぶ》ったところで、世間は、直ぐそんな男を見破って了《しま》う。つまり、世間は、止むを得ず変り者であるような変り者しか決して許さない。だが、そういう巧まずして変り者であるような変り者は、世間は、はっきり許す、愛しさえする。個性的であろうとするような努力は少しもなく、やる事なす事個性的であるより他はないような人間の魅力に、人々はどんなに敏感であるかを私は考える。

(「歴史」〈考えるヒント〉一九六〇年一月)

変り者といわれるほどの人間は、大ていの場合そういう自分に手を焼いているはずである。

それは体操の時間に、いつも手と足を同時に出してしまう生徒のようなもので、当人は一所懸命みんなと調子を合わせようと努力しているつもりなのに、努力すればするほど調子が狂い、どうしても収拾できなくなってしまう。「止むを得ず」変り者になるというのは、たとえばこういうことである。

だが、それなら、世間はどうしてこういう人間を「許」したり、「愛」したりするのだろうか。変り者が変り者であることを逆手にとって、他人の憐憫《れんびん》や同情を買おうとすることがある。手と足が同時に出てしまうと、仲間が失笑するのを知っているので、ほんの少しばかり動作を誇張し、失笑を爆笑にかえてしまうのがそれだ。この誇張にはふたつの意味が隠されている。ひとつは、自分が変り者だということを知っている、つまり仲間の価値基準を認めていることを示すという意味である。爆笑のなかに「許し」が含まれているのは、変り者の誇張された動作に一種の社会性が、あるいは社会性への尊敬が潜んでいるためであろう。もうひとつの意味が、「求愛」であることはいうまでもない。相手の価値基準を認めて「許」されようとし、さらにその上に、自分が不適応者であることを際立たせて積極的に相手の「愛」を得ようとする。

小林氏のいう、「世間は、はっきり許す、愛しさえする」というのは、こういう処世術を身につけた変り者を、という意味であろうか。おそらくそうではない。というのは、「許」されよう、「愛」されようという変り者が、必然的に誇張の度を高め、いつの間にか自分の不適応性を武器とする強者になり上がって、「止むを得ず」、「巧まずして」どころか、変り者であることを売りものにして生きようとするようになるからである。

「止むを得ず」変り者であるような人間とは、失笑や誤解に耐えることのできる人間である。そしてそれを爆笑や拍手喝采に変えようなどとは少しもせずに、いつも手と足を同時に出し、しかも真剣に体操をしようとしているような人間のことである。いうまでもなく中学の体操の時間とはちがって、実人生ではこういう人間はただ失笑されていれば済むというわけにはいかない。

しかしそういう人間の云わくいいがたい「魅力」を、世間はちゃんと知っているのだ、と小林氏はいっている。

27 「巨獣」について

ソクラテスは、巨獣には、どうしても勝てぬ事をよく知っていた。この徹底した認識が彼の死であったとさえ言ってよい。巨獣の欲望に添う意見は善と呼ばれ、添わぬ意見は悪と呼ばれるが、巨獣の欲望そのものの動きは、ソクラテスに言わせれば正不正とは関係のない「必然」の動きに過ぎず、人間はそんなものに負けてもよいし、勝った人間もありはしない。ただ、彼は、物の動きと精神の動きとを混同し、必然を正義と信じ、教育者面《づら》をしたり指導者面をしているソフィスト達を許す事が出来なかったのである。

(「プラトンの『国家』」〈考えるヒント〉一九五九年七月)

ここで「巨獣」というのは、人間の集団のことである。「国家」や「社会」、あるいは「党派」というような集団のなかに身を隠したとき、人間は個人でいるときには抑制を余儀なくされている欲望を、際限なく放出することができる。しかもこの集団は、かならず自らの「正義」をかかげて相手を撃とうとする。不正や闘争は眼に見える具体的な状態であるが、「正義」や「平和」は、よく考えてみると意味内容のはっきりしない観念であるから、「正義」や「平和」で武装した人間の集団は、逆にほしいままに不正や逃走をおこなうことができ、しかも良心の苛責を覚えることがない。なぜならこの集団は、ソクラテスのいうように、精神としてでなく「物」として動いているから。

われわれの周囲に、このような「巨獣」が荒れ狂っていることは、いまさらいうまでもない。それはときにはヘルメットをかぶって角材をふりまわすという一目瞭然の姿をとるが、ときにはたとえば「世論」というようなあいまい模糊とした、しかも兇暴きわまりないかたちをとる。

精神はこの「巨獣」に勝てぬのだろうか。勝てるわけがない。もしそれが、精神の明晰さを保とうと努めるならば。だからこそソクラテスは、毒にんじんの汁をあおいで死ななければならなかったのである。

ジョン・F・ケネディの『勇気の横顔』という本を読むと、合衆国上院という「巨獣」の力の集約された場所で、政治家でありながら精神であろうとした議員たちが、いかに孤立し、敗れ、没落して行ったかがたどられている。そのひとりは、「私は自分の墓穴を見下ろした……」といっている。ソクラテスの死は幾度となく、おそらく無数に繰り返されて来たのだ。だがそれなら、精神は敗れつづけ、世界はつねに「巨獣」の支配に屈しなければならないのだろうか。ある意味ではそうである。もしわれわれが自分の周囲だけを見るならば。しかし同時にわれわれはソクラテスがいたことを、そして孤立し、敗れ、没落して行った「勇気ある」人が後世から感謝の念をもって思いおこされていることを、知っている。この記憶が、もしそういえるならば、精神がいまだに人の心に生きていることの証拠ではないか。

28　事変の報道戦

事変の報道戦は、益々《ますます》はげしくなる。今にジャアナリズムも読者も疲れて来るだろう。ニューズを追いかけて狂奔《きょうほん》している間は、刻々に疲れている癖に疲れを知らぬ。やがて、空《むな》しさを感ずる時が来るだろう。文学などが何んだなぞと言ったのを恥じる時が来るだろう。

（「文學界」後記・昭和十二年十一月号）

ここでいう「事変」とはもちろん支那事変のことであるが、ヴェトナム戦争のことだと考えてもいい。それほどこの言葉は今日に生きているからである。思えば支那事変以来現在まで、われわれは絶え間のない「事変」のなかで生きて来たようなものだ。しかもこの間に、ジャーナリズムの規模は飛躍的に拡大され、テレビというような新しい媒体まで生まれたので、われわれはある意味では「事変」以上に激しい「報道戦」に身を曝《さら》して来たことになる。われわれは疲れているのだろうか？　たしかにジャーナリズムも読者も疲れている。ただそのことを自覚していないだけである。

小林氏の予見は、なかば当たりなかば当たらなかったともいえる。それは氏がこの「後記」のなかで引用しているジッドの、第一次大戦が文学にあたえた影響は、フランス革命のそれにくらべれば比較にならぬほど小さなものだった、という言葉の当否と同じかも知れない。ジッドも小林氏も、その当時総力戦というものをよく知らなかった。戦争は単なる外傷ではなくていわば慢性の内臓疾患であり、法的に終結されてもなお「報道戦」のかたちでは継続するものであること。そこでは「平和」すら「事変」になり得ること。そういうことを当時の小林氏が洞察していたとはいえない。だがそれにもかかわらず前掲の短文に説得力があるのは、「事変」が一時的なものにせよ恒常的な状態であるにせよ、それを追う「報道戦」が空虚なものであることに変りはないからである。

人には知る権利があるという。しかしそれなら人には知らずにいる権利もある。知ろうとする「報道戦」がわれわれを不毛な疲労におちいらせるのは、そこにジャーナリズムが全知であり得るという不遜な措定があり、その措定のなかに非人間的ななにものかが含まれているからにほかならない。

人間的な知識とは、人間が全知ではあり得ないという謙虚な自覚の上につちかわれた知識のことである。こういう知識はたしかにわれわれを力づけ、豊かにしてくれる。しかし四通八達したジャーナリズムが、新聞・雑誌のみならず宇宙中継のテレビまで動員して、「事変の報道戦」を展開するとき、われわれはいつの間にか全知への道を歩みはじめ、いながらにして神を模倣するという倨傲《きょごう》をおかしはじめる。人間が人間以上のことをしようとしていて、どうして「疲れ」ずにいられるだろうか？　どうして「空しさを感じ」ずにいられるか、と小林氏はいうのである。

29　見ることと喋ることと

諸君は試みに黙ってライターの形を一分間眺めて見るといい。一分間にどれ程沢山なものが眼に見えて来るかに驚くでしょう。そしてライターの形だけを黙って眺める一分間がどれ程長いものかに驚くでしょう。見ることは喋ることではない。言葉は眼の邪魔になるものです。

（「美を求める心」一九五七年二月）

美は人を沈黙させるというが、沈黙させるものは美だけではない。たとえばそれは戦争でもよい。戦場に人が見るものが、「美」という観念に包含されるような完結し充足したかたちであるはずはない。

しかし人はそこにかならずなにかを見る。それが言葉につくしがたいものだからこそ、復員した兵士は自分が見たものを語りたがらない。口あたりのよい大義感と反戦思想で物語られた「戦争体験」などというものは、もっともなまなましく語られた場合ですら言葉を超えない。いわんやルポルタージュ・ライターたちが戦場から持ち帰ったかずかずの意見は、多く事実をまぶした個人的感情の枠を出られない。見ることに耐えられない者が言葉を奔出させる。ある男が久しぶりで逢った旧友に、別れたばかりの妻の悪口を憑《つ》かれたように話し出した。彼が見ることを恐れていたのはもちろんその心の傷である。言葉はジェット機の噴射のような速度で彼をその傷から逃走させる。

それなら敗戦とか原爆の体験とかいう集団的な不幸についても、同じことがいえるだろうか。米国で暮らしているとき、私は原爆の話題が出るたびに沈黙が自分の口を閉ざすのを感じた。嘘を吐きたくなければ黙っているよりほかないことがある。怨恨がないというわけではないが、怨恨しかないとはいえない。だが同時に赦《ゆる》すということもやはりいえない。黙ってある重いものに耐えているとき、人はたいてい自分が耐えているもののかたちを一心に見ようとしているものである。

敗戦以来今日までに二十三年の歳月がながれ、第二次大戦の意味についてそのあいだにさまざまの「思想」が語られて来た。もし一分間ですら本当に見ようとする者にとっては「驚く」

ほど長い時間であることを思えば、二十三年間はほとんど永遠にひとしいことになる。そして黙って眺める者が一分間に「沢山」のものを見るのだとすれば、そのあいだに私たちはほとんど全宇宙を見たことになる。

それだけのあいだに、しかし私たちはそれだけのものを見て来たのだろうか。いやなにも見て来はしなかった。私たちは、妻と別れた男のそれと通いあわぬこともない自己弁護と自己嫌悪とのあいだを揺れ動きながら、見るかわりに言葉の洪水に溺れることを選んで来た。なぜなら言葉は、人を「美」からへだてるように「傷」からも逃走させるから。

まったく言葉は、小林氏のいうように「眼の邪魔」になるものである。

30　良心と獣性

家に帰って、家族のものから、映画の印象を問われた。私は見ない方がいいと答えただけであった。もし映画の印象を問われたら、見てごらんと言うか、見ない方がいいよと言うかどちらかだ、他に言葉はない、それがあの映画の特色だ、実はそんな事を考えながら家に帰って来たのである。私は一種名状出来ぬ気持ちで映画館を出た。早く這入《はい》ったから知らなかったが、出て来ると、次の映写時間を待つ人々の蜿蜒《えんえん》と続く列を見た。小春日和の土曜であった。あの世にも不快な光景に見入る為に、この人達は、貴重な土曜日の楽しみを犠牲にしようとしている。……実際、名状し難い私の気持ちに、人々の長蛇の列は、何か異様な姿で映じ、私はただその意識で一杯であった。

（「ヒットラアと悪魔」〈考えるヒント〉一九六〇年五月）

ここで小林氏が問題にしているのは、ニュルンベルク裁判の記録映画〔「十三階段への道」〕である。だが見てごらんというか、見ないほうがいいよというかどちらかだというような映画や写真は、今日私たちの周囲に氾濫している。そしてその前に人は長蛇の列をつくり、見ることが良心の所在をたしかめることであるかのように主張する。たとえばヴェトナム戦争の報道写真に対してのように。あるいは削除されるか編集されるかしているために、充分残虐な事実を伝えていないと非難されている原爆の記録映画のように。

しかし人は、そこに果して戦争の悲惨に対する糾弾を見るために、あるいは原爆の非人道性に対する怒りを新たにするために、これらの写真や映画を見るのだろうか。「世にも不快な光景」が、単に不快しかあたえないのなら、誰も倫理的な要請だけにかられて残虐行為の記録を見に出かけはしない。そこにはあきらかに快感があり、その快感は陰微な点で春画というよりは交合の写真を見ているときの快感（あるいは不快感）に似ている。つまり人は、そこに自らの獣性を投射して、人間が獣以上でも以下でもないことに「名状できない」満足を覚えるのである。

これは良心であろうか？　そうであるはずがない。だがそれなら、現代の日本人はなぜこのような陰微な快楽に良心の名をあたえて平然としていられるのであろうか。いうまでもなく、私たちに自己の獣性を直視し、戦争や残虐行為に快感を覚えるという傾向があることを認める勇気が欠けているからである。

性の抑圧が頽廃を生むように、獣性の抑圧も頽廃を生む。公娼制度が性の institutionalization なら、戦争は暴力と獣性の institutionalization である。有史以来人間はこの両方を必要とし、逆説的にいえば種族保存の絶対必要条件として来た。そのような人性が果して「反戦」や「原爆反対」を叫ぶだけで変えられるか。変えられはしないことを自覚するところにしか、良心は生まれない。それができない以上、ニュルンベルク裁判の映画は「見ない方がいい」と小林氏はいうのである。

31　変わらぬ感じ方

意識的なものの考え方が変っても、意識出来ぬものの感じ方は容易に変らない。いってしまえば簡単な事のようだが、年齢を重ねてみて、私には、やっとその事が合点出来たように思う。新しい考え方を学べば、古い考え方は侮蔑出来る、古い感じ方を侮蔑すれば、新しい感じ方が得られる、それは無理な事だ、感傷的な考えだ、とやっとはっきり合点出来た。何んの事はない、私たちに、自分たちの感受性の質を変える自由がないのは、皮膚の色を変える自由がないのとよく似たところがあると合点するのに、随分手間がかかった事になる。妙な事だ。

（「お月見」一九六二年十月）

山の端に月が出かかれば、誰に教えられるともなくごく自然に、昔ながらの月見の姿勢になってしまうという、私たちの不変の感受性が、誰の眼にも明らかになるのはお正月の七草のあいだではなかろうかと思う。

高速道路と高層ビルにふちどられた大都市のなかにさえ、このときだけは古来の日本の時間が戻って来る。人々はしめしあわせたようにこの時間を生きはじめ、新春を寿《ことほ》ぎ、煤煙が消えて青く澄みわたった空の下をふだんとはちがった自信ありげな歩調で歩き出す。宮参りに出かける人々の衣服は、女性の場合にはほとんど例外なく和服であり、近年は男ですら羽織袴で街を行く人々が少なくない。いったい「都市化」などという現象は、どこに行ってしまうだろうか？　利潤の追求と激しい生存競争に明け暮れしているはずの現代日本人は、どこに消えてしまったのだろうか。

在日外国人にとって、お正月ほど孤独な季節はないという告白を、私はあるアメリカ人からきかされたことがある。彼らはこの年頭の七日間、自分たちがまごうかたなき「外人」であり、巷に流れている時間から疎外されていることを、しみじみと噛みしめるのだそうである。おそらく彼らにとっては、そのとき日本がにわかに遠のくのであろう。彼らが知っていた日本人は、学んで「新しい考え方」を身につけた日本人であった。だがその日本人が、お正月にはいっせいに「意識出来ぬものの感じ方」の世界にしりぞいてしまう。そして彼らの眼の前には、人為的な努力によってはどう処理することもできぬ東西文化のあいだの距離がありありとあらわれる。

明治以来百年のあいだに、比類ない速度で展開されて来た近代化の過程を通じて、お正月を祝うという習慣がこれほどそのままにうけつがれて来たのは興味深い。お月見、お盆にしても同じことだ。

大切なことは、おそらく文化というものが、このようなかたちでしか持続しないということであろう。変えようというあらゆる意識的な努力にもかかわらず変わらずにいるもの。感受性という、このどうしようもない資質に積極的な意味を見出すことなしに、私たちは、いや日本人は、どうして生きつづけて行かれるだろうか、と小林氏は問うている。

32　実行家と夢想家

保守派と進歩派との対立という事がやかましく言われているが、言葉の上で対立しているほど、実際に対立している人間達がいるのか、と私はいつも疑問に思っている。何故かというと、既成の事実か既成の知識に甘んじている人間は、来るべき事実や知識を空想している人間とそう変った人種とは思えないからだ。両者とも日に新たな物の動きに歩調を合わせて、黙々と実行している人々を尊重しない点では、同じ人種だからだ。

（「無私の精神」一九六〇年一月）

巌本善治《いわもとぜんじ》が、勝海舟の座談を筆記した「海舟余波」という本はなかなか面白い本である。そのなかで「今日は『道』とする所を伺いたいものです」とたずねた巌本に対して、勝が答えている。

「主義だの、道だのと云って、ただこればかりだと、きめることは、私はごく嫌いです。道と云っても、大道もあり、小道もあり、上には上があります。その一つを取って、他を擯斥《ひんせき》するということは、不断から決してしません。人が来て、いろいろやかましく言いますと、『そういうこともあろうかナ』と言っておいて、争わない。そしてあとでよくよく考えて、いろいろに比較して見ると、上には上があると思って、真に愉快です。研究というものは、死んで初めて止むもので、それまでは、苦学です。一日でも止めるということはありません」

これはまさしく「実行家」の言である。日に新たな物の動きに合わせて、黙々と実行している人は、「主義だの、道だの」いい立てない人である。それは彼がオポチュニストだからではなくて、こだわることを許されていないからである。「主義」や「道」にこだわっていられるのは、誰かがこだわっている人間にかわって決断し、縁の下の力持ちめいた些事の処理をおこない、現実を保全しているうちである。

もしほかならぬ自分が、決断し、処理し、現実を支えなければならぬ立場に立たされれば、人は一瞬のこだわりもゆるされず、その結果についても一言の弁解も許されない。したがって彼は、つねに「苦学」して研究につとめなければならない。この「苦学」は、いうまでもなく「一生懸命勉強する」という意味である。勉強するといっても、迂遠な本を読むというのではなく、現実感覚をとぎすましして、こだわりを捨てることを学ぶのである。

こう考えると、勝のような「実行家」を動かしていたのが、ある強靭な責任感であることがよくわかる。そしてこの責任感は、なにも英雄豪傑だけの専売品ではなくて、私たちが人間らしく生きる上でつねに要求される責任感と同じものであることがわかる。この人間らしくとは、社会的存在として、人と人のあいだで、という意味である。つまりは人のあいだで、家族のあいだで、職場で、組合活動のなかで、教室で、「日に新た」に要求される責任感は、「実行家」にふさわしい心の軽やかさを身につけるところからしか生まれない、と小林氏はいうのである。

33　山と河の声

重衡《しげひら》の「海道下り」に、我を忘れて聞き入る人々は、やがて来るのは「重衡斬られ」の事と知っている。知らないのは重衡だけだ。「平家」の語り手は、歴史家の記述では歴史を殺して了《しま》う事をよく知っている。だから、彼は俳優のように、歴史を演じてみせる。何んにも知らない重衡の道行きを語ってみせる。彼が越えて行く山か河が、お前は何んにも知らぬと告げる、そういう風に語ってみせる。

（「平家物語」〈考えるヒント〉一九六〇年七月）

知らないのは主人公だけだ、という立場におかれていることは、読者や観客の胸に不思議な感動を呼びおこすものである。たとえばシェイクスピアの「リチャード三世」で、エドワード四世の幼い二王子が、はじめて舞台にあらわれた瞬間。王位の正統な継承者である兄の王子は、「大人になったら、フランスの領土を回復したい。それができずに王として永らえるよりは、一兵士として死んだほうがましだ」と凛々《りり》しく宣言する。しかしわれわれは、彼が決して「大人」にはならないことを知っている。

彼は間もなく弟といっしょにロンドン塔に幽閉され、叔父のグロースター公リチャードが放った刺客のために、無残に殺害されるからである。そしてそれが動かしようのない事実だからこそ、「大人になったら……」という王子の言葉は、われわれの心を強い悲哀でみたす。

この悲哀の中に、にごった感傷ではなくてあるカタルシスが含まれているのは、多分われわれが、自分もまた重衡やエドワード四世の王子の運命を生きていることを、認識させられるというよろこびが隠されているためである。われわれはもちろん「主人公」ではない。われわれの平凡な生涯が、平家の公達《きんだち》や英国の王位継承者のそれにくらべられるはずもないが、一瞬さきのことはわからない。まして死は予知できないということは、彼らにもわれわれにも、ひとしく課せられている人間の認識能力の限界である。「平家物語」やシェイクスピアを読んだり観たりするうちに、われわれはほんの一瞬だけこの限界を垣間見て、すぐそれを忘れる。そして手帳に一週間先の「予定」を書き込んだりする。

しかし死はやってくるのではないか、運命というものはあるではないか、と重衡の「海道下り」の山や河はいう。われわれが特権的な位置から見下ろしていられるのは、物語や劇のおかげである。

もしわれわれが、生きながら不完全な物語や不完全な劇をつくりつつあるとするなら、山や河は、いや森羅万象は、われわれのひとりひとりに、いつも「お前は何んにも知らぬ」と語りかけているはずではないか。そういう真理は、「俳優のように、歴史を演じてみせる」語りかたによってしか語ることができない。つまり「何んにも知らない重衡」と、山や河の声をともに語り得るような語りかたによってしか語り得ない、と小林氏はいうのである。

34 「私立」ということ

「富貴は怨《うらみ》の府に非ず、貧賤《ひんせん》は不平の源に非」ず。これほど、不平家にとって、難解な言葉はない。不平は、彼の生存の条件である。不平家とは、自分自身と折合いの決して附かぬ人間を言う。この怨望《えんぼう》という、最も平易な、それ故に最も一般的な不徳の上に、福沢の「私立」の困難は考えられていた。

（「福沢諭吉」〈考えるヒント〉一九六二年六月）

「怨望」とは、平たくいえば、ひがみのことである。公の秩序をではなく、私の情を立脚点にして世の中を見わたせば、このひがみという感情ほどたやすく人の心をとらえるものはない。「公」が階梯的な秩序を要求するとすれば、「私」はなによりも平等を要求しようとする。すべての「私」が平等だという前提が成立しないかぎり、「私」を主張することは不可能だからである。

それなら「私立」とは、エゴイズムの容認のことであろうか。いかにもそうだともいえる。このエゴイズムの要求は限りのないものであるから、「私立」の人間の心にはかならず不平が生じざるを得ない。

彼も「私」、われも「私」であるならば、どうして彼は富み、われは貧しいか。どうして彼は地位を得、われは世に入れられないか。それが「怨望」という感情にほかならず、われわれは今日それを毎日のように味わいつつ暮らしている。「私立」の社会とは、今日の言葉でいえば民主主義の社会であり、したがって民主主義の社会とはひがみの社会である。黒人の白人に対するひがみ――「怨望」は、そのもっとも典型的なものにすぎない。農村の都市に対するひがみ、学生の教授に対するひがみ、教授のジャーナリストに対するひがみ等々、すべて「自分自身と折合いの決して附かぬ」人間の、自己嫌悪と不平との表現以外のものではない。

しかし福沢は、「私立」を説きつつなお「富貴は怨の府に非ず、貧賤は不平の源に非ず」という。なぜそういえたかといえば、それは福沢自身がひがみをのりこえながら生きて来た人だからである。「門閥制度は親の敵《かたき》でござる」といった中津藩の貧しい下士の息子が、「富貴」に「怨望」をいだかなかったはずはない。彼の心に「不平」が巣喰わなかったはずもない。

だが福沢は、このひがみという感情が人の心に及ぼす害毒を敏感に自覚していた。したがって彼は、「我慢」ということを重んじ、さらに一歩を進めて「品位」ということを説いた。すなわち、「私立」とは彼にとっては「独立」でなければならず、「一身の独立」は「一国の独立」につながるものだったのである。

そういう自発性を欠いた「私立」が、いかに受動的な女々しくうらみがましく、不毛な感情でしかないか。「怨望」という感情がいかに民主主義を腐敗させ、それを防ぐことがいかにむずかしいかと、小林氏はいっている。

35　やむにやまれぬもの

何んであれ、人のして了《しま》った行為を、傍人《ぼうじん》が溯《さかのぼ》って分析すれば、自動人形のからくりの他に何が得られるだろうか。率直に、この老人の置かれた状態に身を置いて思えば、何か恐ろしいものがはっきりと見えて来るだろう。不自然なもの、自然の性情に逆うもの、逆わなければ生きて行かれぬ思想というものの裸の姿が見えて来るだろう。

（「忠臣蔵Ⅱ」〈考えるヒント〉一九六一年三月）

ここで小林氏のいう「老人」とは、堀部安兵衛の伯父の菅野六郎左衛門のことである。菅野は行けば討たれることがわかっている果し合いを申し込まれて、承諾し、出かけて行ってはたして討たれた。なぜ彼は敗けると決まった果し合いにノコノコ出かけて行ったのか。それは面《メン》子《ッ》からか、エゴイズムからか。

われわれの生活にも、わかっているけれどどうしてもやめられないということがある。人はなぜあんな馬鹿なことをしたのだ、第一損ではないか、などとあとになってからいう。なるほどその通りだと思いながら、われわれは、そういう事後の忠告が、親身なものであればあるほどどこか空々しく、いっこうに心にひびいて来ないものであることを、感じるはずである。自分に計算する能力がなかったわけではない。先が見えなかったというわけではない。しかしなぜか、やむにやまれぬ気持でやってしまった。やらなければ自分らしくないという気持で。

この気持とはいったいなんだろうか。それは自分に内在するものなのか、自分を超えたなにものかを感得して生じるものなのか。確実なことは、こういうとき、われわれが一歩さがれば自分という統一体が崩れてしまうと感じているということである。

社会的に、あるいは肉体的には、やらずに引き下がったほうが自然でもあり、賢明にも思われる。世評もまたそれを回避したときのほうが、自分にとって有利に作用すると考えられる。にもかかわらず、そういう受け身の評価をはみ出してしまうある奔出するものが自分のなかにあり、それを閉ざしてしまったときなにかが内部で崩れると感じられる。この感覚は危機の感覚であり、その切実さは外部にいる敵の危険の切実さより強烈なのである。

われわれは現代社会に生きているから、果し合いが菅野六郎左衛門の場合のように現実の死をもたらすことはまずないといってよい。

しかし社会的な死や敗北をもたらす果し合いは、誰にでも、いつでもおこり得る。そしてわれわれは、お前は馬鹿正直な奴だ云々という批評を耳にし、それにうなずきながらも、「しかし、しかし」といいつづける。この「しかし」は孤独な、誰にも理解されない「しかし」だ。だが小林氏は、それこそが、われわれがそれによって生きているところの「思想」だ、というのである。

36　眼高手低

眼高手低という言葉がある。それは、頭で理解し、口で批評するのは容易だが、実際に物を作るのは困難だと言った程の意味だ、とは誰も承知しているが、技に携わる人々は、技に携わらなければ、決してこの言葉の意味は解らぬ、と言うだろう。実際に、仕事をすれば、必ずそうなる、眼高手低という事になる。眼高手低とは、人間的な技とか芸とか呼ばれている経験そのものを指すからである。

（「還暦」〈考えるヒント〉一九六二年八月）

アメリカの批評家エドマンド・ウィルソンのリンカーン論のなかに、リンカーンが彼の時代におこりつつあった技術文明の進歩や経済発展になんの関心も払わなかったことを指摘した一節がある。

一八五九年、大統領に選ばれる前の年に、ウィスコンシン州農業協会で「発見・発明・改良」という題の講演をしたとき、彼は聴衆の期待を裏切って、当時アメリカ農民の眼をそばだたせていた蒸気耕作機その他の技術上の発明や発見については、ひとこともふれなかった。リンカーンの主題は言葉であった。彼は言葉の人間についての価値、書く技術といったようなことだけを話して、聴衆を失望させたという。

ウィルソンは、この挿話がリンカーンの必要とした技術は言葉のつかいかただけだったということを示している、といっている。テクノロジイに興味を持たなかったように、貧しい農夫の子に生まれたリンカーンは、実は農業にも土にもなんの愛着も持たなかった。彼がほんとうに骨身にしみて苦労した「技」とは、言葉の「技」である。今日、あのゲティスバーグの演説を見ただけでも、リンカーンが米国の生み得た最大の散文家であることを疑う者はいない。しかしその言葉を、リンカーンは貧しい独学者として、文典を片手に全く自習しなければならなかったのである。彼がこの苦学のあいだに、どれだけの新鮮な発明や発見に出逢い、また改良にはげまされたか。そして彼が、そのあいだにもどれほど「眼高手低」の嘆きをくりかえさなければならなかったか。

このように考えると、有名な「人民の、人民による、人民のための政治」という言葉を口にしたときでさえ、リンカーンは「眼高手低」を感じて、言葉が彼の存在をすりぬけて行くような経験を味わったのではないかという気がして来る。政治家は言葉によって統治しなければならない。それは文学者が言葉によって表現しなければならないのと同じである。

しかしそれならなぜリンカーンは、際限もない暗い岸辺に、一直線に近づいて行く船の夢を何度も見たか。この船が、彼の表現しなければならぬ究極のなにものかだったとするなら、それと「人民の、人民による、人民のための政治」とのあいだには、果してどんなつながりがあり、またないか。小林氏の言葉は私にこの問いをリンカーンの亡霊にむかって発せしめたのである。

37　教育という技術

私は、ひそかに思った。この人には、民主主義教育法というものは、あんまり易しい発見だったに違いない、と。たとえ説が正しくても、説の熱心な主張者というものは、教育という我慢の要《い》る、冷静な技術には適さないであろう。生徒の顔に、自分の顔を読んでしまうから。

（「民主主義教育」一九五五年八月）

教育という行為は、子供が大人にくらべて不完全なものであり、知識の供給と日常の訓練を必要としているという前提に立たなければ成立しない。文章ひとつにしても、句読点の正しいうちかた、手紙の正しい書きかたなどというものは、「冷静な技術」によってくりかえして教えられなければ、身につくはずのないものである。しかし「民主主義教育法」は、そういう教えかたはよくないという。子供の自発性を尊重しなければいけない、つまり子供は大人と対等であり、むしろ大人よりすぐれているという。「生活綴り方」などという考えかたも、文章の技術や規範を教える必要はない、どんなにたどたどしくても、どんなに洗練されていない方言ででもよいから、思ったことをそのままに書くのがよいのだという思想からはじまっている。

私はあるとき、そういう「生活綴り方」運動がさかんな地方に招かれて、国語の先生方の前で講演をさせられたことがある。もしあなた方の生徒が、就職して社会人になったとき、もし人並に標準語の手紙が書けない、書類もつくれないというようなことになったらどうしますか、と私はいった。方言で綴り方を書くのが無意味だとはいわない。しかし職場には出身地のちがう人間が集まっている。その誰とでも接触しなければ、社会生活は成立しない。そういう場所で、文章や言葉のきまりについて訓練されたことのない教え子たちが、どんな困惑や恥辱を味わわなければならないか、あなた方は想像してみたことがおありですか、と私はたずねた。しかし、文学的な国語教育の弊害を並べたてた私の講演に対する先生方の反応は、決して温かいものではなかった。そこに私は、「生徒の顔に、自分の顔を読んで」いる人々の、意識されざるエゴイズムを見ないわけにはいかなかった。

先生方は、この場合、自分の文学趣味と自分自身の方言に対するコンプレックスを、生徒の上に投射し、それを生徒に強要しているのである。同じことは外国語教育についてもいえる。一流大学の英文科卒業生が、会社にはいって米国の取引先への商業通信文を書かされ、苦心したあげくようやく書き上げて部長のところへ持っていくと、「ふん、君の大学の実力はこんなものか」といってそのまま屑籠に捨てられた。教授の語学力の不足を、中途半端な文学趣味でお茶をにごした教育が、卒業生にこの屈辱を味わわせた。彼は発奮して実用的な英語をマスターしたが、実用的な手紙一本書けぬ人間に、果してシェイクスピアが理解できるであろうか？教師の能力不足や劣等感が生徒となれあうところに、教育などが成立するはずない、と小林氏はいうのである。

38 〝批判〟と〝実力行使〟

ヒットラアが事を成し得た当時のドイツ社会では、暴力行為とプロパガンダが、極く普通のものと見なされていた。今日の日本の社会でもこんな普通なものはない。批判という言葉は大流行だが、この言葉は、われわれは既に批判の段階を越えて、今や実力行使の段階に達した、と続くのが常である。批判に段階があるとは、おかしな事である。私の常識では、批判精神の力は、その終るところを知らぬ執拗な忍耐強い力にある。

（「ヒットラアと悪魔」〈考えるヒント〉一九六〇年五月）

ハンナ・アーレントという米国の政治哲学者が、《革命はいうまでもなく、戦争でさえも、完全に暴力によって決定されるということはない》といっている。その理由は、暴力の前で人は完全に沈黙せざるを得ないというところにある。一方人間には話す能力というものがあり、言葉が人間の存在にとって暴力と同じぐらい本質的なものである以上、この要素を捨象した解決は決して最終的なものにはなり得ない。「もはや批判に言葉をついやしているべきときではない。実力行使が必要だ」というとき、人は人性の根本についてきわめて偏頗《へんぱ》な理解を示していることになる。

《暴力は歴史の産婆である》といったのはカール・マルクスである。このテーゼによって、いわば彼は「批判」と「実力行使」の位置を逆転させた。

ヒットラーはさらにこのテーゼを推し進めて、マルクスが歴史の目標を指示するものと信じた世界観を、プロパガンダのための一手段に転位させた。けだしプロパガンダとは、言葉に混入した暴力とでもいうべきものである。ヒットラーにいたって暴力は自己目的化され、政治はシニシズムに変貌し、ほとんど不完全な芸術のごときものに近づいた。この影響がどれほど激烈なものだったかを悟るためには、マルクスとヒットラー以後に出現した大小の独裁者に刻印されているこの二人の痕跡を一瞥するだけでよい。

重要なことは、このような人性省察上の欠落が、われわれの身辺で日常茶飯事となりはじめていることである。一九六〇年の安保騒動の半年ほど前に、「安保批判の会」という会が組織されたことがあった。日米安保条約の改訂に賛成の人も、反対の人も、等しく一堂に会して

「批判」的議論をたたかわすという趣旨の下に文化人を集めたものであったが、議論のほうはろくにおこなわれぬうちにこの会はプロパガンダの主体に変質し、そうすることについて会員はなんの意見も徴されることがなかった。

私がこの時期に「安保批判の会」と行動をともにすることをやめたのは、「批判の会」が「プロパガンダの会」になり、やがて「実力行使の会」になって行く欺瞞が不愉快だったからである。言葉がこのように空洞化され、暴力に道をゆずったとき、「批判」は批判ではなくなる、と小林氏はいうのである。

39　思想の現実性

実生活を離れて思想はない。併し、実生活に犠牲を要求しない様な思想は、動物の頭に宿っているだけである。社会的秩序とは実生活が、思想に払った犠牲に外《ほか》ならぬ。その現実性の濃淡は、払った犠牲の深浅に比例する。

（「思想と実生活」一九三六年四月）

しかし、人間の頭に思想が宿るということは、かならずしもつねに人間が動物より高級な行動をおこなうことを意味するとはかぎらない。また、実生活が思想に払う犠牲の結果生じるのは、社会的秩序だけではない。

それは無秩序と混乱であり得るし、思想を頭に宿した人間は、動物なら決してあえてしないような残虐な共喰いにふけり得る。人間を動物からへだてる思想が、人間を動物以下の醜悪な行動にかり立てるという不思議を、われわれは今日いたるところで見ている。

先日紛争中の大学のある教授から聴いた直話によれば、今日の学生活動家のいわゆる「内ゲバ」は、凄惨をきわめたリンチの様相を呈しているそうである。それはいわば「殺さないだけ」の残虐行為に堕することがあり、そのために不具はおろか不能になるものまであらわれているという。

しかし対立している分派は、警察の介入を恐れるという点では共通の利益を持っているので、犠牲者はシンパの医者の家にはこばれて処置をほどこされ、闇から闇に事件は葬られる。大学当局も、うすうす承知しながら警察導入がさらに紛争をこじらせることを恐れて、この種のリンチを防止しかねているという。

これが事実だとすれば、いわば新しきネチャーエフ事件の頻発である。いまからちょうど百年前の一八六九年十二月に、モスクワのある淋しい公園の一隅で、イヴァーノフという大学生が殺害されるという事件が起こった。下手人は学生革命組織の指導者ネチャーエフで、彼は転向して脱退しようとするイヴァーノフの口から組織の秘密が露顕することをおそれて、これを消したのであった。ドストエフスキイはこの事件をもとにして「悪霊」を書いている。思想が人にとり憑《っ》き、とり憑かれた人間は思想の名において獣性を発揮し、自己の人間性と他人の肉体・生命を破壊する。しかし兇行の残酷さが、そのまま思想の「現実性」の濃さを示しているとすれば、いったい思想とはなんだろうか。

現実的なものは、思想の救済力ではない。その破壊力である。それなら人間を生きつづけさせているのは、思想にとり憑かれた者の獣性を洞察し、それに悲しみながら耐え、それを馴《じゅん》致《ち》しようとする間断ない努力だろうか。

おそらくそうである。それこそが人間を動物からへだて、その実生活に最低限の秩序をあたえて来たあかしである。小林氏は「『悪霊』について」のなかで、このような思想の魔力について語っている。

40　人間マルクス

マルクスのもった理論は真実な大人のもった理論である。世の大人達が、先日学生騒動に鑑みて文部省に相寄り、マルクス主義思想に対抗する思想体系の樹立を議決した。さぞよくマルクスを理解した事だろう。……青年はお先きっ走りで穢《けが》れ、老人は脂下《やにさが》って穢れる。だから穢れをすべて甘受して一点の穢れもない理論は、常に青年には老人過ぎ、老人には青年すぎる非運を辿るのである。

（「マルクスの悟達」一九三一年一月）

マルクシズムについて語る人は多いが、日本では不思議にマルクスという人間に興味を持つ人が少ない。彼が「真実な大人」であるかどうかというような問題を提出したのは、私の知るかぎりでは小林氏が最初である。つい最近も、私は、法政大学の近所で《マルクスの思想を殺すな！　圧殺されんとするマルクスの思想の絶叫をきけ！》という煽情的なはり紙を見た。そうだとすれば、マルクスという人間が知られる間もなく、日本ではいちはやく彼の思想が「圧殺」されかけていることになる。人よりは観念にリアリティを見ようとするインテリの弊であろう。

昨年秋の海外旅行中にロンドンに寄ったとき、私は「サンデイ・タイムズ」附録の雑誌で、「マルクスさん、ロンドンはいかがでしたか？」という面白い読物を読んだ。これはロンドンに亡命し、そこで死んだマルクスの旧蹟をややノスタルジックにたどった記事であるが、色が異常に黒いために、〝ムーア人〟と呼ばれていたというマルクスの風貌をほうふつさせ、それと同時に一八四〇、五〇年代のロンドンがよみがえって来るような好文章である。マルクスは、わずか五ポンドの家賃をとどこおらせたためにチェルシイのアパートから叩き出されたこともあったが、日曜日にはほかの亡命革命家たちといっしょに子供連れでハムステッド・ヒースにピクニックに出かけ、ロバに乗って遊ぶのを好んだともいう。

彼はこの大都市で実に四十年間を「資本論」の完成にささげた。若い革命家たちが「明日にも革命がはじまる！」と昂奮して叫ぶと、マルクスは苦い顔をして「勉強、勉強」といい、彼らを当時完成したばかりの大英博物館図書館につれていった。彼の名は今でも大英博物館の貸出しカードにのこっている。「私自身に関していえば」とマルクスはその晩年に語ったと伝えられる。「私は明らかにマルクシストではない」

これが「真実な大人」マルクスの横顔である。人間としての彼は、ほとんど典型的なドイツのブルジョアの自己抑制的な生活を送った。彼は舞台を装置することに一生をついやしたが、「かっこよく」その上で飛んだり跳ねたりすることを求めなかった。彼の愛娘エレナーが、エイヴリング博士というインチキ革命家にひっかかって悲惨な結婚生活をおくり、ついに自殺にまで追いつめられたのは哀切な話である。ところで、小林氏が「マルクスの悟達」を書いたのは、昭和五年暮のことである。

41 「明白端的」な学問

仁斎《じんさい》は、当時の学問の習慣に従い、朱子学を学んで、深くこれを極めたが、やがて、要するに豪《えら》そうな理窟にすぎぬではないか、と悟った学者である。学問の道は、「明白端的」なものでなければならない。「十字街頭ニ在ツテ、白日、事ヲ作《ナ》スガ若《ゴト》キ」ものでなければならない。そういう考えに達した。当節の学者達は、人の耳目《じもく》を驚かす様な事ばかりやっているが、そんな事では、いよいよ人情に遠ざかり、時俗に背《そむ》き、世間の人は、学問というものは、日本を漢様《からよう》に仕替えるものかと考える様になろう。そういう言葉が、書簡の中にある……。

（「好き嫌い」一九五九年五月）

あるとき、学者の集まりで討論の進行係を務めさせられたことがある。議題は「国家」であったが、報告者の報告を聴き、討論参加者の討論を聴いているうちに、学問とはなんとまわりくどいものかという感想にとらえられた。個々の学者の頭の良し悪しはたちどころにわかるが、その所説はすべて迂儒《うじゅ》の言ばかりで、「明白端的」なところもなければ、「十字街頭ニ在ッテ、白日、事ヲ作《ナ》スガ若《ゴト》キ」ところはさらになかったからである。

私は、学者たちの所説が役に立たないといっているのではない。役に立たなくても楽しい学問というものがあり、効用性ばかりで学問の価値を論じるのは、論理整合性だけによって理論の正しさを主張するのと同じ迷妄にすぎない。そうではなくて、私は彼らの所説が「人情に遠ざかり、時俗に背」いている点に、そして彼らがそのことに気づいていないことに、苛立たしさと不思議さを感じたのである。

仁斎のころから今日にいたるまで、この間の事情が少しも変わらずにいるのは、学者と学問との関係がとかく倒錯しがちなものだからではないだろうか。正確に認識したものを明晰に表現しようとつとめるかぎり、学問はいくらでも「明白端的」なものとなり得るはずである。それがそうならないのは、一面において学者が捨身になれず、半面その人格の魅力と学問とを別のものと考えがちだからではないだろうか。

捨身になれないとは、学問に自分をまぶして売り込みたいという俗情である。人格と学問とを別に考えるとは、表現ということについてのたかのくくりかたである。自己省察も人間観察もなしに哲学や政治を論じ、国家を語っても、「人情に遠ざかり、時俗に背」く議論しかおこなわれないのは当然であろう。ここでいう「自己」とは「自己」という概念ではなくて生身の自分のことであり、「人間」とは「人間」という概念ではなくて「十字街頭」に佇《たたず》んだとき袖を触れあわせて通りすぎる生きた日本人のことである。それにしても「朱子学」をマルクス主義におきかえ、「人の耳目を驚かす様な事」を当世流行の情報理論におきかえてみれば、日本の学問というものの迂遠さ、冷たさがひしひしと感じられてやりきれぬ気持になって来る。仁斎のごとき、宣長のごとき学者は、いつの世にも絶対的少数派だと、小林氏はいうのである。

42　真の学問について

新興学問の雄は、皆読書の達人であった、と前に書いたが、これには今日の読書という通念からすれば異様なものがあるので、読書するとは、知識の蒐集ではなく、いかに生くべきかを工夫する事であった。たとえば、読書について、「心ニ合スルコト有リト雖《イヘド》モ、益々《マスマス》安ンズル能《アタ》ハズ。或《アルイ》ハ合シ或ハ離れ、或ハ従ヒ或ハ違フ。其ノ幾回ナルヲ知ラズ」と仁斎《じんさい》が語るところを読めば、恋愛事件でも語っているように見える。実際、彼は書を読んだのではなく、書という事に当ったと言えるのだ。

（「学問」〈考えるヒント〉一九六一年六月）

このあいだ、紛争中のある大学で学生が組織している自主講座というものに、講師になって行った。四百人余りの学生が集まり、あとでわかったことだが、そのなかには三派系全学連の学生もかなりまじっていた。私は一時間半ほど話をし、そのあとでさらに一時間半ほどいわゆるティーチ・インをやったが、不愉快な経験は一度も味わわされなかった。

もちろん私の文学観や人間観が、彼らのそれと同じであるわけがない。しかし、確実に感じられたのは、ヘルメットをかぶってゲバ棒をふるう学生といえども、やはり真の学問に対する渇望を共有している、ということである。その渇望は制度論と戦術論に明け暮れる学園のなかで癒されることなくつのり、単純化されたイデオロギイにはけ口を求めている。教える者にこの不毛な悪循環に対する洞察と、それを打破しようとする情熱があるなら、学園の荒廃は根絶は望めないにせよかなりの程度抑制することができるのではないかと、私は考えざるを得なかった。

真の学問とは、単なる知識の蒐集にとどまらない学問のことである。あるいはカミュのいわゆる「人間のなかにあって観念に帰し得ないもの、存在すること以外になんの役にも立たないあの熱烈な部分」(「反抗的人間」)に浸透する学問のことである。

私が自主講座に出かけた大学に限らず、今日の大学生・高校生に冷たい学校秀才型の教師に対する嫌悪感が遍在しているのは、想像以上だといってよい。知育偏重の現代日本の学問が、小林氏のいわゆる「いかに生くべきかの工夫」、あるいはカミュのいわゆる「観念に帰し得ない……あの熱烈な部分」への洞察を欠いているということを暗示する現象であろう。

旧制高校や旧制の大学予科には、とにかく「書ということに当たる」雰囲気が存在していた。都市化が進行するにつれて、私たちの周囲から自然が急速に姿を消して行くのと軌を一にして、私たちの心情の陶冶に対する配慮も日に日に行なわれなくなりつつある。「読書の達人」が教師になる可能性はますます減少し、学問が「恋愛事件」に匹敵するような全人的出来事になり得るという体験も稀になった。もし学問が「恋愛」ほどの魅力を持っていれば、誰が書を捨ててゲバ棒をふりまわすであろうか。

43　忍耐と円熟

忍耐とは、省みて時の絶対的な歩みに敬意を持つ事だ。円熟とは、これに寄せる信頼である。忍耐を追放して了えば、能率や革新を言うプロパガンダやスローガンが残るだけである。時間は、腕時計やサイレンの音と化し、経験され、生きられる事を止めるからだ。

（「還暦」〈考えるヒント〉一九六二年八月）

最近私は、ある新聞で、いわゆる「モーレッツ社員」の特訓と称するものを紹介した記事を読んだ。それによると、入社以来十数年でそろそろ課長になろうというような中堅社員ばかりが、ホテルにかん詰めにされて徹底的な相互批判をさせられる。朝は六時に起きてマラソンをやらされ、夜は四時間ほどしか眠らされない。こうして三泊四日がすぎると、社員たちは心身ともに疲労困憊し、口々に獣のような声で「おれはやるぞ!」「おれはなんでもできるぞ!」などと叫びはじめるのだという。もちろんこの間に、産業能率短期大学という学校から来た講師が、心理学的方法によって特訓中の社員にさまざまな自己暗示をあたえ、人工的に「モーレッツ社員」の誕生をうながすのである。

このような社員教育の方法は、中共でおこなわれている洗脳と大差ないものである。つまりそれは、「時の絶対的な歩み」に対する不信の上に成立しているもので、人間の内部に土足で踏み込んでその柔らかい部分をわしづかみにし、能率という鋳型に合わせようとする兇暴な意志をあらわしている。〝能率〟と〝イデオロギイ〟とのちがいはあるが、これは兇暴な意志の苛立ちを象徴している点で選ぶところがない。

これが現代だとすれば、現代という時代はおそるべき貧寒な時代だといわねばならない。そして、今日新聞や雑誌で論じられている来るべき管理社会が、このような傾向を一層助長するとすれば、人間は〝能率〟や〝イデオロギイ〟の客体として存在するだけで、その一回かぎりの人生の意味をまったく見失ってしまうにちがいない。元来革命家というものは、「忍耐」という美徳にはあまり敬意を払わない種族である。革命そのものが「時の絶対的な歩み」に対する挑戦だからである。しかしなおシェイクスピアの『マクベス』の主人公マクベスはいう。

《Come what come may,
Time and the hour runs through the roughest day.
（来るなら来い。どんな嵐のなかでも時は過ぎて行く）》

マクベスは僭主であり、魔女の呪いという観念にとり憑かれて「時の絶対的な歩み」に挑んだという点で現代の革命家に通じるものを持っているが、窮地におちいった彼が喚起するのは、やはり時間と忍耐に対する信頼、むしろそれを自分の味方につけようとする祈りである。それなら彼が亡んだのは時間を味方につけられなかったからであり、「時の絶対的な歩み」がマクベスの王位を承認しなかったからである。いったい〝能率〟と〝イデオロギイ〟の徒は時間への畏怖を忘れたマクベスではないか、そしてその故に結局は亡びるのではないか、と小林氏はいうのである。

小林秀雄をめぐって

小林秀雄の肉声

小林秀雄氏の訃報がもたらされた一昨年の三月一日の早朝、私は、自分でもそれまで思ってもみなかった一種不思議な体験をした。そのとき、私は、次々と新聞社から掛って来る電話に一切出ずに、『本居宣長補記』の頁を見詰めていたのだったが、いつの間にか活字がにじんだようにぼうっと霞み、その行間から小林さんの声が聴えて来たのである。

つまり、私は、文字を読んでいるうちに、それとは知らずに、聴き慣れた著者——ほんの数時間前に亡くなったという報らせを受けたばかりのその著者の、肉声を聴いていた。そのことに気が付いた時、私は同時に、自分が涙を流しはじめていることに気が付いた。おそらく、そのとき私は、自分のなかで激しく交差した死と永生、そして自然と記憶との鋭い対比を、身体的に把握しはじめていたのだろうと思う。

宣長も、いっている。

《……文字は不朽の物なれば、一たび記し置つる事は、いく千年を経ても、そのまゝに遺《ノコ》るは文字の徳也。然れ共文字なき世は、文字無き世の心なる故に、言伝《コトヅタ》へとても、文字ある世の言伝へとは大に異にして、うきたることさらになし。……》

これを私の体験に引き付けて考えてみるとすれば、こんなふうにいうことができるだろうか。文字記号は、単なる文字記号にとどまっているなら、いくら「不朽の物」であるかのように見えても、たかだか死んだ概念を表わす記号の域を出ない。人が文字記号を媒介にして筆者の肉声を聴き得たとき、はじめて言葉は文字を超えて「言伝《コトヅタ》へ」の暖か味を獲得し、その言霊《コトダマ》を把え得た者の記憶の世界に甦える。つまり、それは確実に文化の次元に転位される。……

このように考えるなら、日本語というわれわれの国語が、元来文字記号を持たない言語であったという事実は、いささかも国語の価値を貶《おとし》めることにはならないことになる。それどころか、それは、われわれ日本人の言語活動《ランガージュ》そのもののなかに、文字を言葉に、そしてさらに「言伝へ」に転換させずにはやまない鋭く強靭な感受性が内在していることを、逆の方向から証明することになる。なんとなれば、われわれは、一面では文字を識《し》っている人々に敬意を示して来たが、その半面文字しか識らない人々を、あまり信用もせず、また重んじても来なかったのだから。

小林さんが逝去された日、訃報を聞いてから僅か数時間後に、思いがけずその肉声を聴いたという体験は、その後も私にさまざまなことを考えさせてくれた。すると、そのうちに、なんということだろう、まさにその小林さんの肉声が収録されたテープがあるという噂が、私の耳に聞えて来た。現代の電子技術が、いつの間にか文字記号を媒介にしない言語活動《ランガージュ》の世界、国語の本来の姿である音声による「言伝へ」の世界を、その儘に復活させてくれていたのである。

それが、三巻に編集されたこのテープ（新潮カセット文庫・『小林秀雄講演』）であることはいうまでもない。これらは昭和四十五年、四十九年、五十三年のそれぞれの年の夏に、国民文化研究会で行われた小林さんの講演と質疑応答を収録したものだが、このテープを聴く人々は、そういう通時的な時間の距離が忽ち消え失せて、小林さんの肉声のみが現前するという、きわめて共時的な体験を味わうにちがいない。時の経過がもたらした距離が、一瞬のうちにかき消され、聴き手は話り手の声と、直接向い合う。これこそ文化の伝承を可能にする、もっとも濃密な言語空間である。

築地のスタジオで、はじめてこのテープを聴いたとき、私は見る見るうちにスタジオの空間が、そういう言語空間に変質して行くのを肌に感じた。そのことを可能にしてくれたのは、いうまでもない、さながら生ける人のごとくに語りつづけてやまないあの懐しい小林さんの肉声である。

小林さんの肉声は、私の記憶のなかだけにではなく、このテープのなかでも生きつづけていた。テープを聴くという習慣は、今日の日本では日常茶飯事になっているが、それが小林秀雄という稀有な精神の発する声と結びつき得るとは思ってもみなかっただけに、私にとっては、この築地のスタジオでの経験は少からず貴重なものであった。

それが、今、こうして幾度でも繰返すことのできる経験となった。ここから、新しい「言伝へ」がはじまるのである。

（「波」昭和六十年十二月号）

小林秀雄没後十年

昨年（一九九二）は正宗白鳥の没後三十年で、今年は小林秀雄の没後十年に当るという。その小林秀雄の絶筆が「正宗白鳥の作について」だったことを思い起すと、この二人の大批評家を結びつけている因縁を、あらためて想わぬわけにはいかない。

それというのも、小林さんは、やはり白鳥のことを深く考えながら世を去ったに違いないからである。白鳥は別段小林秀雄のことなど何も考えずに瞑目することができたが、小林さんはどうしても「正宗白鳥の作について」を最後の仕事にしなければならなかった。その理由は、むしろ単純である。小林秀雄がいったん言葉を失った人であるのに対して、白鳥は一度も言葉を失うことがなかったからである。

三十年ほど前、『小林秀雄』を書いていたとき、私は、いくら先に進もうとしても『モオツァルト』の先まで進むことができなかった。少くとも小林さんの仕事は『モオツァルト』で一段落し、それ以後の十年、いやそれ以上にわたって、何ごとかの準備運動であるかのような観を呈していた。要するに、戦後は、小林さんにとって苛酷な試錬の時代であったように見えた。一方、白鳥は、その戦後早々に『自然主義盛衰史』という傑作を書いていた。昭和二十三年（一九四八）といえば、上司小剣の死によって、自然主義の生き残りが正宗白鳥只一人になった年である。白鳥は、しかしその喪失感のなかにすっくと立って、無造作きわまる達意の文章で、「まるで他人事のように」自然主義作家たちを淡々と回顧していた。

これに反して、小林秀雄は、そのころあの歴史的発言の残響を一身に浴びていた。いうまでもなく昭和二十一年（一九四六）二月号の「近代文学」に載った、あの発言である。

《僕は政治的には無智な一国民として事変に処した。黙って処した。それについて今は何の後悔もしていない。（中略）この大戦争は一部の人達の無智と野心とから起ったか、それさえなければ、起らなかったか。どうも僕にはそんなお目出度い歴史観は持てないよ。僕は歴史の必然性というものをもっと恐しいものと考えている。僕は無智だから反省なぞしない。利巧な奴はたんと反省してみるがいいじゃないか》

もとよりこれは、肚《はら》の据《すわ》った決意の表明というべきものである。しかし、批評家というものは恰好のよい啖呵を一つ切ればそれで済むというものではない。啖呵が冴えれば冴えるほど、却って言葉を失うということもある。しかも、小林さんは、失うのみならず実際に言葉を奪われもしたのである。

占領、検閲、資格審査、追放等々が、戦後の言語空間を一変させて行くなかで、小林さんは、おおむねこれに対しても「黙って処した」。『ゴッホの手紙』、『近代絵画』から『感想』のベルグソン研究にいたる道程は、戦後の小林さんが展開した一大迂回作戦とでもいうべきものであった。何をめざしての迂回作戦かといえば、もちろん言葉に回帰するための営々たるいとなみなのであった。

今日の若手批評家たちが、この事実を無視して、初期の小林秀雄だけに関心を寄せたがるのは、明らかに公正を欠いている。なぜなら、小林秀雄は、『本居宣長』で見事に言葉を回復したばかりでなく、日本人がものを感じ、ものを考えるとはどういうことかという根本義について、余人の及ばない深い洞察を示しているからである。

いうまでもなく、人は言葉でものを感じ、考える。しかし、実は一般的・抽象的な言葉で感じ、考えるのではなくて、つねに具体的な母国語で感じ、考えるのである。ところで日本語というわれわれの国語の場合、この言葉はまことに独特な成り立ちかたをしているといわざるを得ない。それは宣長のいわゆる「上ツ代」のころ、国語が文字を用いず、もっぱら「言伝へ」として機能していたからにほかならない。

《……長い間、口誦のうちに生きて来た古語が、それで済まして来たところへ、漢字の渡来といふ思ひも掛けぬ事件が出来した。言はば、この突然現れた環境の抵抗に、どう処したらいゝかといふ問題に直面し、古語は初めて己れの「ふり」をはつきり意識する道を歩き出したのである。（中略）この全く独特な、異様と言つていゝ言語経験が、私達の文化の基底に存し、文化の性質を根本から規定してゐたといふ事実を、宣長ほど鋭敏に洞察してゐた学者は、他に誰もゐなかつたのである》

小林さんは、『本居宣長補記』でこのようにいっている。日本語という国語の「言」も「文」も、この「全く独特な、異様と言つていゝ言語経験」を措《お》いては成立し得ない。それはいうまでもなく、「言」を「パロール」に、「文」を「エクリチュール」に置換するというような楽天的な変換式の適用を、最初から無意味なものにしているのである。

だが、それなら「言」「文」一致というものは、どういうことになるのだろうか。小林さんは、これについては一言も何もいっていない。いや、「言」と「文」の一致を直接論じるかわりに、小林さんは最後の仕事として「正宗白鳥の作について」を書きはじめていたということになる。

それについては、今更いうまでもない。白鳥のあの、「推敲はおろか、読み返されてもゐまい」と思われる「実に裸」な文章に、小林さんが言文一致の精髄を見ていたためというほかない。小林秀雄は、国語の基底に「独特」な言語経験を発見することによって言葉を回復した。言葉を失うことのなかった正宗白鳥は、その言語経験を深めつづけて、ついに「言」と「文」の仕切りをも乗り越えたのであった。

（「日本経済新聞」平成五年二月二十七日）

批評という行為

西尾幹二
江藤　淳

没後十年の歳月

西尾　小林さんが亡くなられてから十年経ったんですね。ただし、そういわれても、早いなあと思う以上の感想はなく、自分と小林さんとの、読者としての距離というのは十年前とあまり変わっていない。こっちはただあたふたと忙しく過してしまって、世間の小林像に変化があったかどうか、それは私知りませんけど、私の心の中の小林像にはあまり変化がありませんでした。江藤さんはいかがでしたか。

江藤　ついこのあいだ、日経の文化面に、「小林秀雄没後十年」という原稿を書きました。その時、日経文化部から、今年は小林さんの没後十年ですが、と電話がかかってきたんです。それではじめて、ああ、小林さんが亡くなって十年も経ったのか、とちょっとびっくりしました。ある意味じゃ昨日のことのような気がしていたものですから。この季節でしょう、亡くなられたのは。三月一日でしたか。

西尾　そうでしたね。
江藤　この季節になると、北鎌倉を通る時、東慶寺には小林さんのお墓があったななんて思うことが、毎日じゃないけれど、ときどきありました。もうお墓に入ったということは知っているんだけども、十年も経ったとは思いませんでしたね。
西尾　誰かが昔ちょっと書いていたことで、小林秀雄の文章というのは、確かにそこで思索されていることが自分を刺激し胸を打つんだけど、しばらく目から離れてしまうと、何が書いてあったんだか忘れてしまうというか、わからなくなってしまう。思い出そうと思っても、自分の意識と触れ合ったことだけは覚えているけれども、小林さんの意識を全部緻密に追い切っていないせいか、あるいは読んでいるときしか追えない性格のものなのか、目から離れてしまうと忘れてしまうというようなことを書いていた人をちょっと思い出します。小林さんの文章が常に雑誌などに載っていた時代から離れると、私にも多少、そういう思いがありましてね。
江藤　小林さんの文章は、不思議な文章ですよ。知識を与えないんです。音楽みたいなもので、これは稀有なことです。
西尾　その通り。音楽というのは非常に正確だ。私もそう言おうと思っていたんです。切れ目や段落がないんです。だから、どこから始まってもいいわけです。極端にいえば、後の節から読み出して前の節へ戻ってもいいし、途中から読み出して前を読まなくてもいい。

江藤　ちょうど、いい音楽を聴いているとそういう感じがするように、精神をつかんで揺すぶるものなんだね。小林さんの文章はそういう力をもっているんです。それも、いろいろな揺すぶられ方があってね、非常に喜ばしい揺すぶられ方もあれば、関東大震災みたいな揺すぶられ方もあるんですが、どちらかといえば喜ばしいんだね。哀切であったりすることもあるけれど、僕は小林さんの文章が好きだから。

西尾　それと、どこへ連れていかれちゃうかわからない。書き出しの一行が予想もつかない結びへつながっていく。『考えるヒント』の中の「歴史」という文章。河上徹太郎さんの『日本のアウトサイダー』のことから始まったと思ったら、ぜんぜんそんなこと書かずにフロイト論みたいになって、また最後に数行、河上さんのほうに戻る。これはお義理で戻っている感じなんでしょうけど。つまり、われわれがその文章を受け入れるか受け入れないか、二つに一つしか選択はない。その世界にわれわれが吸い込まれるのではなく、われわれがそれを意識的に選択して一緒に歩んでいくか、あるいは拒絶するか。まさしく音楽のようなもので、聴いているか、スイッチを消して止めるかどちらかしかない。しかも一貫して一つの音が聴こえてくる。

江藤　それはそうですね。それは不思議なことで、柄谷行人じゃないけれど（笑）、やっぱり人格というものはあると言わざるをえないんだね。一つの音というのはそういうものでしょう。

西尾　小林さんのそういう文章がまさに小林さんの思想そのものだったんですよね。

江藤　そうですね。その通りなんだけど、それはいったい何だろうというふうに考えると、これがなかなかややこしくてね。十年経ってその距離を隔ててもう一回見直してみて思うんだけど、やっぱり小林さんという人は、散文を書いているんだけれど、本当は詩人なのじゃないのかな。詩については訳詩があったりするだけですが、散文家じゃないんじゃないかなという感じもしないではないね。

西尾　詩と言ってももちろんいいけれども、そういうなら哲学詩。入口がどこから入ってもいい文章という意味で、私はよくアフォリズムと言うんですけど、ある種の断章表現の世界に近い。パスカルやニーチェのような人たちの世界にやや近い。小林さんはおよそ歴史に図面を引いて、見取り図を立てて、そして展望図を置いてものを論ずるということをしない。『モオツァルト』の中に、「モオツァルトは、目的地なぞ定めない。歩き方が目的地を作り出した」という名文句がありますけれども、小林さんの思考の動きも、最初に目的を立てて、概念的構成を組み立てて、それから自分の論を展開するというのではなくて、書き出しの一行から次の一行に移る時に、やっと思考の運動が始まる。一寸先は見えないし、見ようともしない。だから、いろんなものにあたることが出来ますね。宣長を論じているかと思うと、ぱっとソクラテスに飛ぶ。文明論的シェーマとか、時代の枠組みにとらわれない。

江藤　そうですね。小林さんが亡くなって十年経ってみると、十年というのは微妙な年なんだね。十年というのは、だいたい忘れられるに適当な時間だと思うんだ、僕は。小林さんも、かなり適当に忘れられ始めているんじゃないかという気がどこかでする。新潮社に聞いてみると、小林さんの全集は非常に根強く、今でもコンスタントに売れているそうです。それから、『本居宣長』は去年、「補記」も入れて文庫になった。だから忘れられているどころじゃないじゃないかという反論は十分感じられるんだけど、どんな偉い文学者だって、死ぬと忘れられるんですよ。だから死ぬっていうことは大きなことなんだ。一旦、必ず忘れられるんだよ。忘れられない作家も詩人も批評家もいないんだね。それからあらためてじわじわと不朽に変身していくんだな。小林さんといえども例外じゃないと僕は思ってる。しかし忘れられるけれども、それっきり忘れられてしまう人と、忘れられない人とがいるんでしょうな。

西尾　ただ、その場合、小林さんの中でも忘れられる部分がやっぱりある。私は文芸の世界での小林さんの発言を緻密にひきくらべて、当時の文壇状況などを重ねて読むという興味がほとんどなかった。これからそういう部分はむしろ消えていって、ダイレクトに小林さんが美や文化や時代や戦争について語った言葉、そっちのほうが生き生きと今でも人の胸を打つように思えてならない。例えば「私小説論」の「社会化した『私』」って何だ？　と当時の文学青年はみんなさんざん頭をひねったけれど、小林さんもそれほど文学史的に考え抜いてもち出した言葉じゃない。だからそういう方面のことはすべて、忘れられていくのではないですか。

江藤　そうなんですね。だから僕は、今の若い、といったって、実はもうかれこれ五十ぐらいになって、そんなに若くはないんだけど、僕らよりは若い批評家諸君が、小林さんが亡くなった後で、小林さんのどこへ注目したかというと、初期の小林秀雄に注目したのですね。「アシルと亀の子」だとか「マルクスの悟達」に注目したわけね。それをテーゼにしようとしたわけです。「社会化した『私』」というのは、これは平野謙が持ち上げた。昭和十年です。ところが、今のポストモダン主義者は、もうちょっと前の、昭和四年から十年までの間の六年間ぐらいの小林秀雄をつっついて、このへんにいろんな可能性があったというようなことを言ったわけです。だけど、これは全部くだらないと思うんだ。初期の文章から何か抽出して、これが小林秀雄の本来のテーゼであって、小林はしかし堕落したからだめだ、『本居宣長』に行った、と言ったって始まらないと思う。

西尾　小林秀雄という人には、いわゆる思想の深化あるいは成熟ということはあったけれども、主題はほとんどすべて初期に出揃っていて、新しく自分が変化し、また自己形成するという、ゲーテ的な意味での発展はなかった人だという気がするんですよ。ある意味では、搦手論法といわれた「アシルと亀の子」等々の時代に出た主題はずっと最晩年までつながって、しかも同じことを言い続けている。たとえば「様々なる意匠」は、はっきりと、自分はどんな立場もないという姿勢を示していますね。つまり、あらゆる立場から離脱する。それが当時の文壇には嘲笑的にも聴こえたり、馬鹿にされたような印象を受けて、何だろうということだったんでしょう。けれども小林さんは、生涯ちょうどソクラテスのように、絶え間なく自分が何かに疑いを持っていて、不安の中に自分が生きている。その不安や疑いが読者に不安や疑いを呼び覚ます。そういう表現は、決して物事を単に斜めに書きたいから書いているわけではない。芥川龍之介を論じた「逆説といふものについて」の中で、意地悪く斜めに言う逆説はつまらんということをしきりに言っていたのを覚えていますけれども、搦手論法とはあえて故意に斜めに言うようなことではない。世間が抱いている固定観念や通念に対して、あるいは安定した認識の中に人間が生きている、その安定に対して、虚を衝くという形で、人の心に衝撃を与えた。この、どんな立場にも立たないという初期の姿勢は、『本居宣長』にまで一貫して流れていると思うんですね。

「思想と実生活」論争再考

江藤　話は飛びますけれど、僕は忘れられ始めているということにこだわっています。小林さんが亡くなったのは八十歳ですね。正宗白鳥はね、去年没後三十年なんです。この人は八十三歳で亡くなっていて、二人はほぼ同年で死んでいます。八十以上になれば、八十で亡くなったか八十三で亡くなったかというのは、ほとんど差がないようなものであって、円熟した、大変な高齢である。僕は小林さんのことを忘れているどころか、昨日亡くなったような気がしていて、これはまず忘れようたって忘れられません。忘れられ始めているということはもうちょっと一般的なことでいっているんです。だけれども、正宗白鳥という人は、一度対談したことがあるだけで、僕にとってそんなに近しい人でもなんでもなかったわけです。これが、没後三十年になって、そろそろ思い出されているなという感じがするのね。そこで、八十歳ぐらいの時の白鳥さんと、八十歳の時はもう執筆は出来なかったけれども、七十八ぐらいまで書いていた小林さんとの、その最晩年の文章を比べてみると、正宗白鳥のほうがはるかに自由なんだよ。小林さんのほうが自由じゃないと僕は思う。

西尾 自由というのは？

江藤 融通無碍なの。

西尾 なるほど。

江藤 「正宗白鳥の作について」というのが、小林さんの遺作で、未完の絶筆です。小林さんは今僕が言ったことをよく知っていた。なんで正宗さんはこんなふうに出来るんだろう。どうして自分には出来ないんだろうということを。それでついこないだパラパラ見直したら、例の「思想と実生活」論争を振り返るところから始まっているんです。それで、正宗さんはやっぱり偉い。正宗さんは自分の若い時考えていたようなことを考えていたのではない。正宗さんの言っているように、トルストイは女房が怖くて逃げたのであり、思想のために家出したんじゃない。自分は今はそれを信じると小林さんは言っているように見える。そうすると、それを西尾さんがさきほど提起されかけた、文学史的なバックグラウンドに置くと、死んで三十年たった平成五年の今日、正宗白鳥という人は、文学史的な大道具や小道具からすっかり抜け出て、実にすっきりとそこにいるんだよ。文章としてあるんだよ。そのように生きたということを、小林さんは明確に正宗白鳥において認めたんだと思うんです。それなら、小林さんはどう生きどう書いたのか。正宗さんは明治十二年生まれで、小林さんは明治三十五年生まれだけれども、その二十三年の差というもの、その二つの世代がエクスポーズされた文学的、思想的、美的、哲学的、あるいはその他諸々の体験というものはどうなっているんだろうなという問題に今僕は非常に興味があるんです。

西尾　正宗白鳥との比較は私にはよくわからないんで、ちょっと質問させてもらいますが、白鳥の場合には、自ら充足する成熟というか、大きな自己展開というものがあったのに対して、小林さんは、最初にあった自我が、ある意味では詩的に絶頂をきわめた素晴らしい時期に燃え尽きちゃっているのかもしれない。それをどうにかして乗り越えようとして晩年まで生きたと思うんですが、そういうことはありませんか。燃え尽きるという言い方はちょっとまずいかもしれないけれど。

江藤　小林さんが一貫してやったことは、批評だと思うんです。つまり、どんな立場も取らないというのが、「様々なる意匠」における批評です。だから、マルキシズムでもなきゃモダニズムでもない、自然主義、私小説でもなんでもなくて、大衆文学には敬礼しておくということであってね。だから批評家小林秀雄が昭和四年以来、昭和五十八年まで一貫していたということについては賛成なんですよ。だけれど、やっぱりそれは批評という行為を一生続けたということであって、思想に発展がなかったという感じでは、ちょっとないような気がする。つまり、批評というのは思想じゃないんだ、僕に言わせると。批評というのは運動なんだよ。文学運動の運動じゃなくて、精神の運動なんだね。その精神の運動が、ずっと持続したという点では、小林さんはまさに持続したと思うんだ。そこにはやっぱり人間としての展開もあるいは挫折も発展もあったろう。僕は小林さんにそれがなくて、白鳥にあったと言っているわけではないのです。ただね、そこでもうひとつ言うと、批評だということは〝思想〟じゃないということなんだ。小林さんは何の〝思想〟も信じていなかったと思う。〝思想〟というものをもしシステマティックで概念的な、イデオロギーになるような思想というふうに考えてみれば、〝思想〟は包括的に認識し説明しようとするものでしょう。ところが、包括的になんか出来るわけがないと言い続けたという点で批評と〝思想〟は重なり合わない。しかし、それでいながら小林さんがなお気になったのが、「思想と実生活」論争なんだ。そこで小林さんは、あれだけ見事な批評をしていた人が、どうしてあそこで〝思想〟ということによろめいたのか、自分はやっぱりよろめいたんだということを自認して亡くなったんだと思う。白鳥は、〝思想〟なんていうものはないんだと言ってるわけだ。これはすごい思想ですよ。

西尾　しかし、そこはどうなのかな。「思想と実生活」の中で、小林さんは、当時の自然主義者の、単純に人間の生活主義、実感主義みたいなものだけですべてをよしとする風潮に対しては、そんなものじゃない、思想は人間を動かす、そういう側面があるということは強く言った。

江藤　それはそうです。

西尾　小林さんが言ったのはそれだけです。小林さんが、じゃあ、思想を信じなかったのかというと、抽象的観念は信じなかったかもしれないけど、思想が人間の生活を動かす一面があるということは強く信じていたんじゃないのでしょうか。

江藤　それはそうだと思うんですけどね。ただ、西尾さんのご見解には、僕は少し不満なところがあってね。つまり、ただの自然主義者じゃないんだよ、白鳥という人は。白鳥という人は小林秀雄と同じぐらい不思議な、変な人なんですよ。その変な人が変な文章を書いててね、小林さんが、ちょっとかなわないぞ、これは、というものが白鳥にあった。というのは、僕は日本人にとっての思想ということを考えているわけです。日本人にとってのということは、日本語でものを考えているということなんです。日本語でものを考えている人間は、本当に思想なんていうものに入れ上げることが出来るのかね。入れ上げていると言っている人はたくさんいるよ。というか、昭和初年以来今日に至るまで、思想で生きているとかどうしたということは、皆がんがん言っています。思想がないから日本はだめなんだというようにいろいろ言ってますよ。ドストエフスキー、ニーチェ、ベルグソン、ハイデガー、ロシア人であったり、ドイツ人であったり、フランス人であったりする人は、思想で生きているかもしれない。じゃ、日本語で考えている人々のうちで、誰が思想で生きたのかということなんだ。

西尾　いま西洋の思想家の名前が出たので、もともと西洋では思想と肉体というか、精神と物質というか、あるいは心と体というようなものを二元論で考えるところがありますよね。これはアリストテレス以来ですけれども、とにかく、メタフィジックは自然学の上にあり、それがキリスト教と結びついてずうっと来てますから、今でも、ヨーロッパの思想では、たとえば科学は哲学の下にある。そういう構造がずっとある。私は大正という時代は、そういう意味での西洋の思想を受け入れて頭でっかちな展開をした時代だったと思うんですよ。あの時代の教養主義には体を使わずに、知識だけで生きるというようなところがありますからね。それのアンチテーゼとして小林さんは非常に強く、知識というものは信用出来ないということを言った。そして、同時にいま言った二元論を乗り越えて、魂と物質というようなものを合理的に分けるということは出来ない、と言った。だからベルグソンに接近した。小林さんのテーマは、身心一如、あるいは自分の心は自分の持物ではないとか、自分の心を自分で操ることは出来ないとか、自己は客観化出来ないとか、すべてそういう、自己のうちに把握し難いものを常に見ていたように思います。

江藤 そうですよ。

西尾 すると、小林さんが「思想と実生活」で言っている思想というのは、西洋的な身心を分離する二元論的な思想ではなくて、一体となっているものを指していたんじゃないですか。人は思想で生きるかという、いま江藤さんがおっしゃった意味の静的な思想ではなくて、思想と肉体が一つになるような形での思想でしょう。たとえばドストエフスキーの中に彼が求め、ずっと描き続けたのは、ドストエフスキーがどんなに自分というものを心理学的に分析していても、それは本当は虚しいことで、最終的には登場人物に凶暴な行動をさせている。それが解決なんだ。だから心理的な解剖や分析というものを超えて、何か登場人物が目にとまらぬ思いがけぬ行動をする、その解決に小林さんの目がひたすら向いていますね。そう考えると、小林さんがあの白鳥との論争で言う思想という言葉の意味は、江藤さんが言う意味での、西洋の思想ではないのではないでしょうか。

江藤 それはそうだと思う。だから、晩年の小林さんは、世の正宗白鳥読者といいますか、世の多くの文学者が正宗白鳥をこういう人だと思っているのとは違った白鳥を見ていたに違いないという気がするんです。白鳥という人を、もうちょっと真面目に考えていた。事実、会ったことがあるから言うわけじゃないんだけれど、あれはちょっと違った人ですよ。ただの自然主義者ではない。それから僕はひょっとすると明治以来、一番偉い批評家は、小林秀雄も偉いけれども、正宗白鳥じゃないかと思うぐらいなんです。なぜかというと、文章がいいんだよ。僕ももう還暦だということになると、これからいつまで生きるかわからない。死ぬと、すぐ忘れられちゃってそれっきりかもしれないけれど、それはそれでちっともかまわない。そうすると、要するに息をしてて字を書いていられる間、どうやって文章を書くかということになってくるわけなんだ。やっぱり少しでもいい文章を書きたいわけだよ。いい文章って何かっていうことを考えますとね、これは難しいんだけど、つまり、自分が正直に考えていることが過不足なく文章になって出るのがいいわけでしょう。われわれは、正直に考えていることを過不足なくわかりやすい文章で書けないんだよ。小林さんもおんなじ悩みを持っていたんじゃないかという気がしてね。そこで白鳥さんの文章をずっと見ているとね、そんなにわかりやすくはないんだけれど、とにかく過不足なく考えたり感じたりしていることが文章になって書けてるんじゃないか。しかもそれは立派な批評じゃないかということになると、これは何だろうということになったんじゃないのかなという感じがしてましてね。そこでひっかかるんですよ。

西尾　さっきから批評という言葉がどんどん出てきていますね。小林秀雄は批評家にはあらずとサイデンステッカーが言ったそうだけど、西洋の基準で、いわゆる批評家というのは文学史的な展望を持って、自国の文学案内が出来る人のことです。小林さんの衣鉢を受けている中村光夫氏の仕事にせよ、江藤さんの仕事にしても、結局はそういう歴史的な規定や定義に従っていますよ。それを拒否してはいない。だけれども、そうじゃないですね、小林さんの書いているものは。

江藤　そうじゃないです。

西尾　あれだけの大著の宣長論の中に、宣長の思想の客観的な構造に対する説明もなければ、日本文学史の中に占める位置を論じている部分もない。それどころか、はじめから、そうした概念的方法を考えること自体が間違いで、学者はそういう方法にとらわれるからダメだ、自分はむしろそれを退けるんだというようなことを言っているぐらい、歴史的な見取り図を引かないというやり方をしている。それで今度は、学者のほうから言うと、小林さんの宣長論は学問とは言えない。むしろ批評だから勝手なことを言っているんだというふうに見られる。しかし小林さんは、常に、自らは勝手なことを言っているとは言わないで、自分はただの演奏家でいいとか、対象に対して自分を消すことが目的なんだとか、自己表現では真の表現は出来ないとかいって、歴史の前で自分を消すことばかりしきりに言うわけですね。しかし学者の側から見

ると、消してないじゃないの、自分ばっかり主張しているんじゃないのと見えてしまう。（笑）

江藤　そうなんだ。

西尾　その議論が出ると、たいがい、それは学問と批評の対立で、批評だからわりに自由な発言が許されているんだとなる。ところがよく考えてみると、批評であるのかどうかもわからないというようなところに僕は小林さんの問題があるんじゃないかという気がするんです。

江藤　だんだん正直に言うようになってきた（笑）。これはいい。その通りですよ。いま西尾さんが非常に正確に提起された、ごく誰でもが感じる問題点は、僕も当然感じますからね、小林さんに訊いたことがあるんです。「小林さん、村岡典嗣氏の『本居宣長』はどうですか」と言ったら、「ふん。あれは君、学者の研究だからな」とこう言うわけですよ。学者の研究だからなというと、学者の研究というのは全部くだらないのかという感じがしてくる。僕なんかはやっぱり凡俗だからね。あるフレームワークがあって、ある見取り図があって、その上でいってもらいたい。学者の研究は知識になる。僕らの言うことは意見にすぎないかもしれない。しかし、意見自体が知識になることもあるはずだというふうに思いますよ。

西尾　その通り。

江藤　小林さんの批評で、僕はこれはサイデンステッカー氏の視野にはいっていないところだと思うことがある。僕は小林さんのために弁じたいのは、こういう批評家が一人いなかったら、昭和の文学はどうなったかということを考えると、まことに大事な存在だったと思うんですよ。というのは、マルクス主義も含めて、二分法による科学や哲学や思想が、ざかざか入ってきたのが大正の終わりから昭和の初めでしょう。そこで、ちょっと待ってくれ。西洋人はそう考えてアリストテレス以来やってきたかもしれないけれど、俺たちはそんなことを考えてたのか、真面目に考えてきたのかということを言おうと思ったら、「様々なる意匠」を書かなきゃならないし、「アシルと亀の子」を書かなきゃならない。「私小説論」にはやや文学史的展望があるけれども、「無常といふ事」『モオツァルト』から『本居宣長』に至るまで、サイデンステッカーの定義における批評ではないものがもっとも批評的な役割を果したのですね、日本において。それを小林さんだけがやったんだよ。他の人は真似出来なかったと思う。真似出来ないというのは、真似する必要がないほど小林さんの批評が破壊力に充ちていたんだね、逆にいえば。小林秀雄の口真似をして、これから先、今日でも明日でも明後日でも、十年後でも批評を試みようとする人が出てきたとしても、小林さんの域に達してない限りは、その時よほど日本の思想状況が混乱していたとしても、その批評はリアリティを持てないだろうと思いますね。そのユニークな存在というのは、やっぱり時代と小林秀雄という個性との出会いなんだろうと思いますよ。

西尾　サイデンステッカーは、恐らく、西洋の中でも哲学がわからない人だったんでしょう。だから、他に西洋の哲学詩や箴言詩がわかる人が読めば、小林さんのものを西洋人が読んでわからないはずはない。いまのテーマを少し敷衍させていただくと、私は小林さんにとって一番の問題というのは、認識論だったと思うのです。批評とは芸術作品を対象とする認識論です。動かないものが動かないものを認識するんじゃなくて、こっちも絶えず不安定に動く自我であり、そして対象も実は動いているんだ。動的なものが動的なものと出会うんだ。その瞬間瞬間の火花を散らす、それがあの方の生涯だったというふうに思う。時代はちょうど、マルクス主義と、教養主義を中心とする知識中心主義の二つの風潮がある時で、小林さんはどっちでもない、観念的な歴史観も歴史じゃない、瑣末な実証的な学問研究も歴史じゃないという二つの敵が目の前にはっきりと見えていて、それを叩いたんだと思う。

江藤　そうそう。

西尾　それはちょうど十九世紀後半のヨーロッパの精神状況に似ている。ヘーゲルからマルクスへの観念論が出てきたのと、それから他方ものすごい実証主義が出てきた。その両方を拒んだブルクハルトなんていう人がいる。両方の立場から距離をもって、歴史は「思い出」だということを言うんですよね。小林さんはブルクハルトをだいぶ読んでいるだろうと思いますよ。自然と歴史は違う。動かないもの、変わらないもの、恒常的なものが再び繰り返すのは自然であって、歴史ではない。しかしブルクハルトはその歴史に非ざるものを歴史にしようとした。そのため過去の、すぐれたある時代をわれわれは思い出すことで過去が再び甦るという考え方に立つ。小林さんは「無常といふ事」の中で、同じようなことを言っている。

江藤 「母親の死児に対する思い」ですね。

西尾 思い出で過去を甦らせるというのには、結局、小林さんにとっては大事な幾つかのポイントがあった。だけどそれがあまりにも多すぎたでしょう。「西行」とか「実朝」とか「平家物語」とか。自分の感動に忠実に、直感的に、真っ直ぐに、いろんな概念を取っ払って一つの対象にすっと入っていっちゃう。それが人の胸を打ったわけですが。それがいま江藤さんがおっしゃった批評。しかし、通例の批評と違いますね。

江藤 通例の批評とは違いますよ。僕は、文章として見ると、小林さんの文章が一番躍動していて、今でも生きていて、恐らく永久に生きるだろうと思われるのは、いまあなたがおっしゃったような、「西行」であるとか「平家物語」であるとか「無常といふ事」、「モオツァルト」というようなものなんじゃないかと思うんですよ。これは、僕は日本語の散文として、すでに不朽の域に達していて、小林さんの批評の特質を非常に雄弁に語っているんじゃないかと思うんだけどね。

西尾 時代がまさに……戦争中のああいう時代に自己凝縮していたわけですが。転調の妙というのがなんともいえませんね。

江藤 そうですね。

西尾　転調というのは、突如として調子を変えるんですね。

江藤　そうです。

西尾　これは詩としか言いようがないですが。ずーっと能楽の話をしていたと思ったら、突然、「仮面を脱げ、素面を見よ、そんな事ばかり喚き乍ら、何処に行くのかも知らず。近代文明といふものは駈け出したらしい」という、誰でも忘れもしない個所でね、ギョッとしましてね、若い頃読んでて。なんともいえない感じでした。しかしこの転調の妙はいつまでもありますね。

江藤　これは、『考えるヒント』にも……。

西尾　『本居宣長』にももちろんあります。

江藤　パッと変わりますね。これが独特で、やっぱり音楽ですね。

西尾　そうですね。だけどね、『本居宣長』は十一年半ぐらいかかって書いた。もちろん小林さんのそういう文才が生きているところというのは随所にあるんだけれども、文章としてはその当時、小林さんが書いている五枚とか七枚とか十数枚というエッセイのほうがもっといいと思う。それはいい文章を書いているんですよ。そこで僕は小林さんは正宗白鳥にかなわないと思ったんじゃないかと。

江藤　その話だったらわかりますよ。だから、燃え尽きたと僕がさっき言ったのは、多少そういう意味。もっと微妙にいえば、燃え尽きたというよりも、小林さんの持っている持味は自我と対象との白熱的出会いですから、ある種の若さを前提とするのかもしれない。

江藤　そうかもしれないんだ。それでね、ブルクハルトのことをお出しになったのは大変適切だったと思う。歴史は自然ではないですよね。自然は自然、歴史は歴史で、これもまた二分法かもしれないけれど、しかし、まあいいや。要するに小林さんは歴史を非常に印象的に批評したよ。人間の歴史意識を批評してね。それでつまり歴史とは科学的唯物論によるこれこれの叙述であるとか、実証主義はかくかくしかじかの事実の集積であるとかいうようなことについてはまことに見事に批評したよ。しかし小林さんは歴史を描かなかったでしょう。無時間的だよ。「実朝」も「西行」もね。

西尾　瞬間が常に永遠である。

江藤　そうそう。ところが白鳥は歴史を描いているんですよ。しかも堂々と、文学そのものの歴史を描いているんですよ。『自然主義盛衰史』。しかもそれがね、咳唾珠を成すといえば、美文で書いたように思われるかも知れないけれど、小林さん自身の言葉で言うと、裸の文章。無造作に、読み返したこともないような文章で、どんどん書くんですよ。歴史観も何もなく、フレームワークもない。自由無碍。これはすごいと思う。僕は、小林さんに教えられて、やっとこのごろ白鳥のすごさがわかってきた。

西尾　そうですか。私は残念ながら白鳥の世界をあまり知らないものですから、お話に付き合えないんですけど。

江藤 白鳥はまさに小林批評から抜け落ちているものを全部やっているんですよ。それは、ブルクハルトの実践といってもいいけれど、懐かしさだけでやっているわけじゃないんですよ。そこがすごいと思うの。僕は、白鳥の言っていることで、これは世界的にすごいと思うのは、思い出す時、人間はいいことだけを思い出さないぞということなの。いいことを思い出した時には、必ずいやなことを思い出す。それをまたちっとも深刻ぶらずに、岩野泡鳴は真面目だった、あれは面白かったとかいっていると思ったら、彼の女は自分は顔を見たことがあるけれども、なんでこれが小説の女主人公になるような女かと思ったと書いている。そのとおりなんだろうと思う。近松秋江しかりで、馬鹿みたいだと。しかし痴情をあくまでも追ったところの、その痴愚というものは、人間の一つの姿だなんて書いてるわけですよ。そういう歴史には、かなわないんだよ。

西尾 歴史意識は研ぎ澄ますけれども、歴史そのものは叙述しない。それが小林さんだというお話。それはまさしくそのとおりだと思うけれども、ある意味で二十世紀の知性の運命かもしれない。ランケは歴史を叙述したが、マイネッケは歴史論を書いたにすぎない。

江藤 文学も描写しない、理論だけはいろいろ細分化する。

西尾 という、まさに小林さんが批判した自己反省の罠に二十世紀末の知性ははまっていくわけですが。ただ、小林秀雄という人は、一つの時代を描くことをついにしなかった。あるいは乱取りという悪口があります。なんでもアトランダムに、古今東西を問わず……。

江藤　天才と戯れている。

西尾　天才主義ね。それが処世術だという議論すらあった。さて、私、それをこんなふうに理解していいかなと思っています。たとえば自らが古代を認識するとか、古代を叙述するという話ではなくて、古代と格闘した人物を扱う。そういうさまざまな、洋の東西を問わない、人物論になったということは、結局、裏返された形で大正文化主義を体現しているのではないか。『三太郎の日記』の巻頭のように、古今東西を問わず、つまりキリストや孔子やソクラテスから、トルストイやゴッホやニーチェに至るまで、何から何まで、身につけようとする、それが大正文化主義でしょう。教養文化全書みたいな。小林さんは、そのような知識では人生はつかめないということを身をもって示した人なんですが、しかし裏返しの形で、その形式にしばられていたんじゃないかという印象がある。

江藤　それが怖いね、歴史というものの怖さだね。それはあると思うよ。すべてのものから自分を解き放すことは、小林さんといえども出来なかったかもしれない。僕は宗教というのはわからないんですよ。一昨年大病をして、もうすぐ、ひょっとすると死ぬかもしれないって医者が言うから、そうかなと思ったんだけどね。最近よくいわれている、臨死体験とかなんとかは、何にも感じないわけね。それでね、ああ、死ぬのかなあ、だけど、もし本当に死ぬと決まったら、痛くないようにしてもらいたいなと思うだけであって、死んじまったら終わりだなと思った。幸いそういう悪い病気じゃなかったらしくてこうやって生き延びていても、別段生の喜びを特に感じるわけでもなく、さして感激もなく便々と生きているんだけれど。そこで、また戻って申しわけないけれども、白鳥という人には、やっぱり宗教ということがある。岡山県の牛窓近くから出てきて、宗教はプロテスタントの方のキリスト教。それにぼかっと触れちゃってね、びっくりして、なんかやけどしたようなことがあって、結局、最後にまたもう一度やけどして死んじゃったのかも知らないけれど、これは教養じゃないんだよ。地獄極楽なんですよ。小林さんは知識だったのよ、そこは。それがいま西尾さんが言われたことに結びつくんだと思う。つまり、それを批判したけれど、そこでは知識だった。こっちは知識じゃないんだ、白鳥という人は。

西尾　小林さんは歴史意識を問題にしたけど、ついに歴史を自ら叙述しなかった、正宗白鳥のようには、と仰言った。ただしかし、それが非常におかしなことなんですよ。つまり、彼は古代学者ではなく、古代と格闘した本居宣長を問題にしたのであって、自らが古代の研究家として日本の古代にぶつかったわけではない。ただ、そこのところに一つまた矛盾というか問題が出てくる。というのは、ちょうど十九世紀の終わりぐらいから古典ギリシアとキリスト教というこの二つの過去をどういうふうに解釈するかで、歴史認識の混乱が生じ、ものすごく緻密な文献学が一方で出てきて、神話は解体されていく。それが瑣末な歴史主義に堕する。それをどう乗り越えて過去というものを復元するか。あるいは過去を再獲得するかという問題に直面した時に、激しいドラマが生じるのです。そこで、今度は反転して、思い切って劇的な主観主義が出てくる。つまり文学的直感で古代を発掘する。ニーチェもそうでしたし、ロレンスも恐らくそうでしょう。そして、それが主観主義だと思われて、学問的には客観主義から反するといわれ、非学問的なやり方だと見なされているうちに、時代が変わって、発掘が進んでいくと、文学者の直感のほうがはるかに客観的であったという逆説が起こりますね。歴史と文学をめぐって小林さんから出てきたテーマは、その種類のタイプの問題の援用を非常に受けている。

江藤　おっしゃるとおりだと思うな。僕は小林さんに伺ったような覚えがあるんだけど、恐らく、十九世紀の歴史主義以来の西洋人と小林さんは同じ問題意識を持ったんでしょうけど、小林さんの違うところは、日本というのは不思議な国で、宮中の新嘗祭の時に参内したことがあるらしい。もちろん昭和天皇のころです。その直後ぐらいに、僕は小林さんから直接聞いたような覚えがあるんですがね。これがね、古代のままに非常に共時的な体験だったらしい。大嘗祭だけがクローズアップされているけれども、新嘗祭も実は十一月に同じことをやっているわけです。そこで、何が行われているかを直接見ることは出来ない。ずっと夜を徹して、どぶろくみたいなお酒をいただいて、儀式の気配を感じているというその体験を、「これは君、言語を絶するよ」と言っていたですよ。事実、まさに言語を絶するんだろうと思う。小林さんという人は、西洋の思想家たちが持ったと同じ問題意識を持ちながら、それがまさに自分の直接体験によって解決されるような、そういう時空間に自分は棲息しているんだという自覚を持っていたのではないか。

西尾　結局ね、ヨーロッパの場合は古代に対する信仰は物的証拠であるさまざまな資料が出てくることで危うくなり、信仰は相対化されてくる。そういう信ずることの危機みたいなものが出た時に、それをもう一回復元して、信じ直すというと変ですが、それが学問と文学との相剋というか、あるいは生きるものが生きるものに対決するという認識のあり方と、いわゆる実証主義的な学問研究の歴史主義や客観主義との間のぶつかり合いになって、ずっと来ているわけですが。そのような主題をもし日本史の中に適用して考えれば、信仰の危機は同じで、やっぱりいろいろあったと思うんですよ。ところが小林さんの場合には、そうした歴史観の変革ということに自ら古代史の研究を実践してやるということではなくて、まあ、古代と格闘した、たとえば本居宣長というような人物に対する関心に向かった。それが、ある種の教養主義なんですよね。

江藤　ああ、そうかもしれない。

西尾　あるいはある種の西洋主義といってもいい。
江藤　むしろ西洋主義かもしれない。もっとも、小林さんは最晩年には西洋から遠ざかろうとしていたけれど。

小林秀雄が遺した問題

西尾　僕が小林さんという人を考える時、いつも思い出すのは、岡潔との対談で、地主さんという人の絵の話をされててね、石とか紙しか描いてない絵だそうなんだけど。
江藤　変な絵だよ。
西尾　変な絵だけど、小林さん、そういう即物的な絵が好きなんだ。小林さんは物とか人が好きです。人好きですね、あの方。
江藤　人、好きです。
西尾　ですから、みんなに愛されたのはそれですね。人を拒絶する孤独を嫌いましたね。いや、小林さん自身孤独ですよ。だけどそれは意味が少し違う。物、人、それしか信じるものはなかったというくらい。つまり、西洋だったら真理というものがあるわけだけど、それがないために、物とか人とか、格物致知なんていうところに行っちゃうわけだ。
江藤　そうそう。そうなんだよね。

西尾　小林さんに「美を求める心」というエッセイがあったでしょう。一輪の菫を見るという話。そして、菫だと自らが意識したら、もうその菫が見えてないということを言っておられる。それは意識がそこに介在すると菫は見えなくなるということで、一輪の菫を見るということはどんなに大変なことか、ということを書いているエッセイです。ただ、われわれは物を見る時に、見て、意識して、一輪の菫を見る。意識すると見えなくなるというけれども、自分で菫だと気がつくことが正気なのであって、菫だと気がつかなかったら、これは狂気なんですよね。

江藤　そうですよ。

西尾　あるいはどんなものでも、自分の意識が入ることによって人間はまともなんです。ところが、今度は逆のテーマですが、意識が過剰になって、ぜんぜん物が見えなくなって、言葉だけの世界になっていく。「金閣焼亡」なんていうエッセイの中に出てきますけれども、気違いというのは決して的外れなことを言っているのではなくて、きわめて自己完結的な見事な思索と見事な自己反省をしている。ただ、世界とのつながりがないだけで、ものすごい自己反省があるんだという話を書いておられて、そのテーマが、僕は小林さんの生涯を貫いたテーマじゃないかと思います。ある意味では、不可能なことを要求しているんですよ。一輪の菫を意識を排して見るのも狂気すれすれである。逆に意識を重ねた結果、自己反省の罠にも狂気がある。われわれは真ん中で適当に生きているわけだ。その真ん中で生きているわれわれに、両方を排除して、純粋自我のようになって生きるということになると至難の技なんですが、そういって、それを要求している小林さんが常に立ち戻ってくるのが常識という言葉です。僕はこれが非常に不思議でしようがない。

江藤　常識……。昭和二十七年正月三日の朝日新聞に、「小人の中庸」というのを書いた。それが過激な文章で、なんにも中庸じゃない（笑）。いいなあと思った。あれですよね。僕は西尾さん、すごく鋭いと思うよ。あの人、やっぱり狂気を抱えていたと思う。しかし小林さんは、なんで狂気にならなかったかというと、気違い女と一緒にいたことがあるからだよ。こっちのほうがもっと本当の狂気だから。そこで、やはり、どうしたら信じられるかということが、僕はやっぱり小林さんの最後の問題で、これはくどいと思われるかもしれないけど、白鳥はね、耶蘇を信じちゃったんです。僕は耶蘇、嫌いなんですよ。絶対信じないですよ。じゃあ、お前、何も信じてないかというと、僕はわりあい野蛮なんですよ、つまり、先祖の霊がそこらへんにふらふらしているということだけは信じてるんですよ、そういう種類のことは。だけれど小林さんはもっと文化人でね、先祖の霊がっていわれても、柏手打てなかったんだろうと思う。

西尾　「感想」の頭のところにちょっと面白い文章があったけどね、あれは結局、本にならなかった。

江藤　お母さんというものは信じているんだ。だけど、これはやや生物学的なことですね。それに対して、白鳥は地獄極楽の連続で耶蘇を信じて、いったんやめて、最後に他に別に信じるものといったって、阿弥陀さんに行くわけにもいかないし、マホメッドともいえないからといって、また耶蘇になって死んだということになっている。そこのところのからくりは僕はよくわからないんですよ。よくわからないんだけれど、やっぱり小林さんはこれは嘘じゃないと見ているんだね。あの人は本当に信じて死んだ。自分より二十何年か先輩にすぎない人間が、何かを信じていた。

西尾　すごくそれが怖かったというか。

江藤　怖いというか、凄いなあというものがあったんじゃないかなと思うな。

西尾　絶えず信ずるということを言った人ですよ、小林さんは。信じることは疑うことだと言っていた。

江藤　白鳥は、そういう意味では信ずるなんてひと言も言ってないですよ。

西尾　小林さんはやはり意識家であり、分析家であり、結局、批評家なんですよね。

江藤　うん、そう。白鳥はそうじゃない。

西尾　白鳥は恐らくそうではなくて、まさに小林さんの言う、実行家なんだ。

江藤　そうなんだろうなあ。どっちかというと、僕はやっぱり実行家で死にたいね。

（了）

（「新潮」平成五年五月号）

解説　二人の「絶対的少数派」

平山周吉

小林秀雄死して三十八年、江藤淳死して二十二年にして出る、まっさらな新著がこの『小林秀雄の眼』である。江藤淳が評伝『小林秀雄』を書いて、新潮社文学賞を受賞したのは昭和三十七年（一九六二）だから、いまから五十九年も前のことである。新進の文芸批評家だった江藤淳はまだ二十九歳だった。新潮社文学賞の詮衡委員だった小林秀雄はその時、六十歳。よりによって自分が主人公の評伝を読まされ、評価をしなければならないとは、珍しい役回りであった。「江藤氏自身のヴィジョンは延び延びとしている。私は、自分のヴィジョンが延ばせない否定的な批評を全く無意味と考えているから、こういう批評的作品はよいと思う」と授賞に賛成した。小林がその時点で、日本における「文芸批評」という特別なジャンルの開拓者であり、第一人者だったことはいうまでもない。

小林秀雄の文章は、読む者を呪縛する力を持つ。歯切れのいい断定は、納得するにせよ、反撥するにせよ、読む者に絡みつく。本書は、小林の文章から、さわりの一節を取り出して引用し、そこから江藤淳が自由に思考を延長させたエッセイ集である。読みようによっては、小林の名語録集、名文集であり、「若武者」江藤が大先輩の名文句にいかに挑むかという、緊張感溢れる真剣勝負の趣きもある。といって、ぐっとくだけて寝ころんで漫読しても一向に差し支えない。一冊を読み終わってしばらくすると、引用された小林の文章が、「絵巻物の残欠」の如く、折り折りに浮かび上がってくる。小林の文章を通読した時とは別種の読後体験が味わえる。

本書の主要部分である「小林秀雄の眼」全四十三章は、昭和四十一年（一九六六）二月から刊行が始まった小林秀雄単独編集と銘打つ日本文学全集『現代日本文学館』（文藝春秋、全四十三巻）の月報に連載された。連載時のタイトルは「小林秀雄の眼――編集者の横顔」で、気軽に読める一頁コラムとなっている。それゆえに、読み捨てにされてそのまま忘れられてしまったのか、今までに本になることはなかった。月報の類は散逸しやすいから、余計に忘れられる。しかし、埋もれたままにしておくには惜しい「作品」でもあるのだ。

昭和四十一年に、小林と江藤がどんなポジションにいたかから解説を始めよう。昭和三十年代に一世を風靡した「文学全集ブーム」は各社が何十万部という単位で純文学作品を売り捌いた。文芸出版は儲かる分野となり、収録された作家たちには印税のかたちで多額の「不労所得」が転がり込んだ。いまから見ると、夢のような時代であった。全集ブームも昭和四十年代になるとひと段落するが、そこでも後発の各社が新機軸で名乗りを上げた。そのひとつが「文藝春秋がすべてを結集して贈る理想の文学全集」、「日本の英知・小林秀雄の単独編集」を売り文句にした『現代日本文学館』だった。

　私は当時、中学二年生だったが、ジャーナリズムでの評判を今でも記憶している。四十三巻という冊数は、文学全集としては少なめで、収録作家は厳選されていた。漱石と谷崎に三巻ずつ、藤村に二巻が割り当てられたから、他は余計に窮屈である。なかでも衝撃的だったのは、戦後の作家たちがバッサリ切り捨てられていたことだった。選ばれたのは大岡昇平、三島由紀夫、井上靖が各一巻、女流では円地文子と幸田文が二人合わせて一巻、それだけだった。いまあらためてラインアップを見直すと、吉川英治と獅子文六で一巻、大佛次郎と石坂洋次郎で一巻、林房雄と島木健作で一巻、正宗白鳥を一人一巻といったところにも大胆な選択を感じる。「単独編集」の小林がどこまで関与していたかははっきりしないが、ある程度の意向は働いていただろう。編集の顧問役は小林の弟子筋の大岡昇平と中村光夫が務めた。

　小林秀雄の御威光を感じさせたのは、各作家の巻頭に載る「伝記」の筆者に、選に洩れた（？）現役作家たちが起用されていたことだ。中村真一郎（横光利一と堀辰雄）、福永武彦（室生犀星）、吉行淳之介（川端康成と牧野信一）、安岡章太郎（志賀直哉と井伏鱒二）、小島信夫（国木田独歩と徳田秋声）、遠藤周作（永井荷風）、庄野潤三（佐藤春夫）、水上勉（宇野浩二）、瀬戸内晴美［寂聴］（林芙美子）、三浦朱門（伊藤整）、開高健（高見順）、大江健三郎（大岡昇平）といった豪華メンバーが二軍扱いであった。

内容見本で推薦文を書いている小泉信三（慶應義塾元塾長）、松下幸之助（松下電器会長）、福原麟太郎（英文学者、随筆家）、黒沢明（映画監督）の四人のうち、松下以外は小林秀雄編集に注目している。黒沢明の推薦文はいかにも黒沢監督らしい。

「小林さんの文章と風貌に、私はいつも真に秀れた男性を感じる。勁い知性、決然とした意志、更にそこに、しなやかな心のみが持つ優しさがある。今度はじめて文学全集を編まれたと聞き、人に勧める前に、まず私自身が大変嬉しいのである」

『現代日本文学館』の収録作品は九分九厘が小説だった。詩人、歌人、評論家は除かれていた。この点は、小林の文学観を反映させていない。小林の作品も一篇も収録されていない。小林の主な作品は当時は新潮文庫と角川文庫でほぼ網羅されていた。昭和四十年（一九六五）十月に出た中央公論社『日本の文学43　小林秀雄』（編集委員は谷崎、川端、伊藤、高見、大岡、三島、ドナルド・キーン。全八十巻）は大岡昇平が編集し、解説を執筆している。そこでは大岡は小林を「人生の教師・現代のソクラテス」と位置づけている。

「……たまたま『文藝春秋』に今日「考へるヒント」としてまとめられている随想を断続して書きはじめた。雑誌の性質上、きわめてわかりやすく、嚙んで含めるように書かれている。これはあまり深く哲学の雲の中に分け入った小林が、大地との接触の試みのようなものであった。随筆は多くの読者を得、小林の本ではじめてのベストセラーとなった。／最近の岡潔氏との対談「人間の建設」に到って、その人生の教師としての姿は、ますますはっきりして来たと思われる」（大岡『小林秀雄』中公文庫版に所収）

思い起こすと、私が初めて買った小林の本は、やはりベストセラーとなっていた『対話　人間の建設』（現在は新潮文庫）であった。神風特攻隊について二人が語っていると新聞の記事で知り、買ったのだった。大きな活字の薄っぺらな本だったが、数学者と文学者の哲学的対話はとても歯が立たなかった。私のような読者はむしろ例外で、小林秀雄は教科書に出てきて、大学入試に頻出する評論家として認知されていた。新潮社出版部で小林の『本居宣長』を担当した昭和二十一年（一九四六）生まれの池田雅延が「随筆　小林秀雄」（「web 考える人」連載）で、「昭和三〇年代から四〇年代にかけて、小林秀雄は大学入試の出題数で毎年御三家の一角を占めていた。他の二家は『朝日新聞』の「天声人語」と夏目漱石である」（「二十七　詩を書いているんだよ」）と書いている通りである。

池田はまた、「永らく「本居宣長」に没頭されていた先生は、その間、現代の詩や小説はほとんど読まれていなかったが、吉田健一、江藤淳といった人たちが、新聞に書いていた文芸時評は読まれていた」とも書いている。江藤は朝日新聞の「文芸時評」（昭和40・9・28～29）で、

「人間の建設」を「近来にない名対談」で、「現代文化の根本をついた味わい深い対話を読んだあとでは、文芸雑誌の創作欄にならんでいる小説がどれも色あせたものに見えて困った」と絶賛した。

「対話の話題はすこぶる多岐にわたっていて、ピカソや坂本繁二郎の絵の話から、現代数学と理論物理学、あるいはドストエフスキイとトルストイの比較論に及び、本居宣長やベルグソンが論じられる一方で仏教のいわゆる「無明」や神風特攻隊が語られるが、現代批判という点では終始一貫しているといえるであろう。（略）ところで、対話の焦点は、なんといっても数学ですら「感情」を説得する力がなければほんとうには成立しないという岡氏の発言に触発されて展開されている部分であろう。（略）ここでいう「感情」とは「心」とも「情緒」ともいいかえられるものである。私は、この対話がみのり多いものになった原因が、この一節にかくされているように感じる。それは、岡氏のいう「感情」、あるいは「心」という一語を通じて、科学者である岡氏と文学者である小林氏の心が触れあうさまが見えるからである」（江藤『全文芸時評』に所収）

小林はこの昭和四十年の「新潮」六月号から「本居宣長」の連載を始めたところだった。これから十二年も続く晩年のライフワークである。「人生の教師」小林秀雄が豊かな収穫期に向かっていたこの時期、順風満帆に見える江藤淳は「危機」を迎えていた。その「危機」の真っ只中で書かれたのが「小林秀雄の眼」であった。「危機」の痕跡があまりに如実に表現されているがゆえに、江藤はこの連載を単行本にするのを躊躇し、この原稿を書いたこと自体も忘却するに任せたのではないだろうか。江藤は自選の著作集『新編江藤淳文学集成2　小林秀雄論集』（河出書房新社、昭和59）にも、「小林秀雄の眼」を入れていない。

小林秀雄とはまったく違った意味ではあるが、江藤淳にも豊かな収穫期がこの時、訪れていた。昭和四十一年には、第三の新人たちを論じた『成熟と喪失――「母」の崩壊』（講談社文芸文庫）の連載を始め、評伝『漱石とその時代』（新潮選書）の書き下しも始めている。多くの非難を浴びた自伝エッセイ「戦後と私」（中公文庫『戦後と私・神話の克服』に所収）もこの年だ。翌年からは季刊総合芸術誌「季刊藝術」を遠山一行、高階秀爾、古山高麗雄と一緒に創刊し、企画、編集、司会、執筆にとフル回転している。『一族再会』は、「季刊藝術」の編集者として、自らが自らに発注して書かれた特別な作品だった。その一方、「朝日ジャーナル」では『アメリカと私』の続編「日本と私」も連載する（生前には未刊）。以上の作品は刊行の時期がバラバラになるのでわかりづらいが、ほぼ同時進行で発進させた企画である。普通に考えれば、いくら三十代半ばだったとはいえ、『漱石とその時代』の書き下しで精一杯のはずである。江藤は「危機」をがむしゃらに書くことで、強引に抑えつけ、乗り切ったのである。

その「危機」、自らの人生の「危機」を同時進行で原稿に書いてしまうところに、江藤淳という批評家の大胆不敵さ、危なっかしさ、馬鹿正直さがあった。「世間が文学の効用を認めようが認めまいが、書かなければ生きていけないと感じる人間は、やはり書くのである」とは、「朝日新聞」の「文芸時評」(昭和41・2・24)に出てくるフレーズである。「何故書くか」を自問している作家たち(ここでは小島信夫、大江健三郎など)は、「何かの理由で書かなければならぬところに追いこまれ、そこから自己を解放しようとして書いている」。そうした「作家」と、「批評家」江藤淳は書く姿勢を共有している。そうした作家や批評家にしか江藤は共感できない。二十代の江藤が批評の対象に選んだ夏目漱石と小林秀雄とはその代表的な文学者であった。

「小林秀雄の眼」第二回「歴史ということ」(昭和41・3)は前記の「文芸時評」とほぼ同じ時期に執筆されている。昭和十四年(一九三九)に刊行された小林の『ドストエフスキイの生活』の序「歴史について」がまず引用される。『ドストエフスキイの生活』は小林が自分たちで編集する同人文芸誌「文學界」に連載した長編で、自らが自らの雑誌に連載を発注したという意味で(小林の場合は原稿料もなし)、江藤の『一族再会』に相当する。ジャーナリズムの要請とはまったく無関係に、「書かなければ生きていけない」特別な作品であった。引用のあとで、江藤はまず小林秀雄の世界への案内者として書き始めるが、しばらくして、突然、転調する。「私は、かつてひとりの神経を病む女性を知っていた」と、小林とは無関係なエピソードへと突進する。その女性は、「母の記憶がよみがえったとき」に生命力を取り戻したという。小林の「歴史について」は、愛児を失った母親の「掛替えのない悲しみ」についての考察から、「歴史に関する僕等の根本の智慧を読み取る」のだから、必ずしも無関係とは言い切れないにしても、かなり強引な展開である。

第三回「女と成熟」(昭和41・4)は、一番人口に膾炙した小林の名文句が掲げられる。小説「Xへの手紙」の「女は俺の成熟する場所だった。書物に傍点をほどこしてはこの世を理解して行こうとした俺の小癪な夢を一挙に破ってくれた」である。長谷川泰子との「悪夢のような同棲生活」を伝記的に明らかにしたのは大岡昇平だったが、江藤はここから小林と漱石の対比を始める。小林の批評と思想は「女のところから「出て行った」人のもの」で、漱石は、「同じヒステリー症の夫人に悩まされながら「出て行こう」とはしなかった」。二人は非凡な人物だが、漱石は「凡庸な生活」を選び、小林は「非凡な生活」を選んだ。おそらくこの行間には小林批判が埋め込まれているのだが、表には出していない。

この「歴史ということ」と「女と成熟」に私が注目するのは、江藤淳という文学者の「危機」の秘密がここで書かれているからである。詳しくは拙著『江藤淳は甦える』の第三十四章「昭和四十一年、もうひとつの「妻と私」」に書いたので省略するが、「危機」は第六回「悲しみの姿」、第七回「思いあぐむということ」、第八回「個性と狂気」、第十回「批評について」、

第十六回「「観」について」、第二十回「内を視る眼」などにも見え隠れしている。

私の読み方は、あまりに伝記作者の観点で読み過ぎているだろう。いわば邪道の読み方である。そうした読み方をされるのを警戒するかのように、江藤は第八回「個性と狂気」から、「と小林氏はいうのである」というトメのフレーズを愛用し始める。全体の半分近くに使われ、江藤は小林秀雄への道案内という役割に律義に徹しようとするかのごとくである。しかし、そこはあくまでもポーズであって、江藤は小林秀雄の文章に触発されて、「自分のヴィジョン」を伸ばしているので、一篇一篇は江藤淳のエッセイともなっている。連載は第十二回までは昭和四十一年の執筆、第二十四回までが四十二年、第三十六回までが四十三年、その後は四十四年の執筆である。七〇年安保の年を前にして、時代は体制と反体制が街頭でぶつかる政治の季節を迎えていく。その時代色が徐々に現われてくるところも読みどころだろう。

昭和四十三年（一九六八）以降、引用される小林の文章は「考えるヒント」シリーズからが多くなる。大岡昇平がいう「人生の教師」小林秀雄から学ぼうという姿勢である。江藤の筆は、内向きから外向きへと変化している。江藤が「文藝春秋」に連載されていた「考えるヒント」を読んだのはアメリカに留学していた時だった。東部の名門プリンストン大学滞在記は『アメリカと私』としてまとまっているが、江藤は大学図書館に揃っていた「文藝春秋」のバックナンバーで、「考えるヒント」シリーズを初めて読んだ。ということは、評伝『小林秀雄』の執筆中には、リアルタイムの小林秀雄の仕事は読んでいなかったのか、という重大な疑問が起こる。江藤の『小林秀雄』は、昭和二十一年、敗戦翌年の「モオツァルト」までで筆を止めている。なぜそうしたか。

「私は、はじめ書きだすときに、できれば「ベルグソン」に手をつけられるまで［昭和三十三年］の小林さんについて書きたかった。だけれども、やはり「モオツァルト」でやめることにした。それというのも、やっぱり自分がいちばん最初に読んだ、「モオツァルト」の感動というか、昂揚に戻って少年のころに自分が感じたことを再確認して終えるというのが、いちばん誠実な終わり方だ、と思ったからですけれども」（「小林秀雄の魅力」『江藤淳全対話3』に所収）

江藤が書いた小林についての文章や発言を読むと、江藤は戦後の小林の仕事については否定的な評価を下していた。特に『ゴッホの手紙』（昭和27）、エッセイ集『感想』（昭和34）に対しては。江藤が戦後の小林秀雄を再評価するのは、プリンストンにいた時、作品でいえば『考えるヒント』だった。文春文庫版『考えるヒント』の「解説」で、江藤は音楽の比喩を用いている。

「ところで、この本の読者は、どのページを開いてみても、読むほどに、いつの間にかかつてないようなかたちで、精神が躍動しはじめるのを感じておどろくにちがいない。それは、いわば、ダンスの名人といっしょに踊っているような、あるいは一流の指揮者に指揮されてオーケストラの演奏をしているような体験である。
これが自分のステップだろうか、自分のヴァイオリンがこんなに鳴るのだろうか、といぶかりつつも、いつになく軽やかに動く脚におどろきを感じ、いつもより深い音色を響かせる楽器に耳を澄ませはじめる。それと同じように、読者の精神は、日常味ったことのない緊張を強いられ、そこから一気に解放され、さらに静止し、さらに躍動する。つまり、読者は、みずからそれと知らずに考えはじめている。(略)「ヒント」はしたがって無数にある」

江藤淳にとって小林秀雄は、府立一中(現都立日比谷高校)の先輩であり、近代批評の開拓者であり、ある時には師匠であり、また反面教師であり、ある時には先達であり、またライバルであった。江藤の中で小林秀雄像は幾変遷する。その変化は第二部に収められた対談やエッセイにもその一端が現われている。『小林秀雄 江藤淳 全対話』(中公文庫)に収められた五つの対話といくつかの関連エッセイはその辺の事情を雄弁に明かすだろう。

「小林秀雄の眼」を読んできて、第四十一回「「明白端的」な学問」に至ると、この回は感動をいざなう。小林の描く伊藤仁斎に託して、江藤は当世学者気質を批判する。「捨身になれないとは、学問に自分をまぶして売り込みたいという俗情である。(略)自己省察も人間観察もなしに哲学や政治を論じ、国家を語っても、「人情に遠ざかり、時俗に背」く議論しかおこなわれないのは当然であろう」。江藤は怒りに昂ぶっているが、ここでのキーワードはむしろ

「捨身」である。小林と江藤から共通点を引き出すとしたら、長い執筆活動を「捨身」で行なってきたことにあるのではないだろうか。さらに江藤は昂ぶる。

「それにしても「朱子学」をマルクス主義におきかえ、「人の耳目を驚かす様な事」を当世流行の情報理論におきかえてみれば、日本の学問というものの迂遠さ、冷たさがひしひしと感じられてやりきれぬ気持になって来る。仁斎のごとき、宣長のごとき学者は、いつの世にも絶対的少数派だと、小林氏はいうのである」

「絶対的少数派」とは、江藤が小林のお通夜で抱いた感慨であった（エッセイ「絶対的少数派」は『小林秀雄　江藤淳　全対話』に所収）。その言葉が、小林の死の十四年前に江藤の頭に浮かび、ながらく沈んで、また浮上したのである。小林秀雄は死後も読者に恵まれている。それでも戦後の小林が「絶対的少数派」であるのは間違いない。江藤淳に至っては確信犯で、捨身の「絶対的少数派」である。

（ひらやま・しゅうきち　雑文家）

編集付記

一、本書は文藝春秋版『現代日本文学館』全四十三巻月報（一九六六〜六九年）の連載「小林秀雄の眼」を単行本化したものである。単行本化にあたり、関連エッセイと対談を併せて収録した。

一、底本中、明らかな誤植と考えられる箇所は訂正し、小林秀雄の著作からの引用は新潮社版『小林秀雄全作品』と照合し、異なる場合はそれに合わせた。

一、本文中、今日の人権意識に照らして不適切な語句や表現が見受けられるが、著者が故人であること、発表当時の時代背景と作品の文化的価値に鑑みて、初出のままとした。

江藤 淳（えとう・じゅん）

1932（昭和７）年、東京生まれ。文芸評論家。慶應義塾大学文学部英文科卒業。56年刊行の『夏目漱石』で新鋭批評家として一躍脚光を浴びる。69年末から約９年にわたり毎日新聞の文芸時評を担当。主な著書に『決定版 夏目漱石』『漱石とその時代』（菊池寛賞、野間文芸賞）『小林秀雄』（新潮社文学賞）『一族再会』『成熟と喪失』など。99（平成11）年、死去。

小林秀雄《こばやしひでお》の眼《め》

二〇二一年二月二五日 初版発行

著者 江藤《えとう》 淳《じゅん》

発行者 松田陽三

発行所 中央公論新社

〒一〇〇-八一五二
東京都千代田区大手町一-七-一
電話 販売 〇三-五二九九-一七三〇
編集 〇三-五二九九-一七四〇
URL https://www.chuko.co.jp/

DTP 市川真樹子
印刷 図書印刷
製本 大口製本印刷

Printed in Japan ISBN978-4-12-005398-6 C0095

中央公論新社の本

読書について	小林秀雄	単行本
人生について	小林秀雄	中公文庫
小林秀雄	大岡昇平	中公文庫
戦後と私・神話の克服	江藤　淳	中公文庫
小林秀雄　江藤淳　全対話	小林秀雄 江藤　淳	中公文庫
吉本隆明　江藤淳　全対話	吉本隆明 江藤　淳	中公文庫